KB073340

음악이 스며든 날들

(The Moment Colored by Music)

음악이
스며든 날들
(The Moment Colored by Music)

초판 1쇄 인쇄 2011년 03월 15일
초판 1쇄 발행 2011년 03월 22일

지은이 | 김지영
펴낸이 | 손형국
펴낸곳 | (주)에세이퍼블리싱
출판등록 | 2004. 12. 1(제315-2008-022호)
주소 | 서울특별시 강서구 방화3동 316-3 한국계량계측회관 102호
홈페이지 | www.book.co.kr
전화번호 | (02)3159-9638~40
팩스 | (02)3159-9637

ISBN 978-89-6023-569-4 03810

생활 속 음악 녹이기 프로젝트

음악이 스며든 날들

(The Moment Colored by Music)

김지영 지음

| 에세이 작가총서 368 |

ESSAY

서곡

멀쩡한 귀[耳]를 주신 신께 감사드리며

대학에 갓 입학했던 때가 생각난다. 야간 자율학습, 변화무쌍한 입시제도, 기대에 찬 부모님과 담임선생님의 시선을 떨치고 막 자유인(自由人) 대열에 들어섰을 때다. 강의실로 향하는 길, 아름다운 캠퍼스에 잔잔히 깔리던 음악이 좋았다. 햇살과 함께 쏟아지던 선율들은 모두 날 위해 준비된 주제가인 양 생각되었고, 그 느낌은 지금도 생생하다. 저녁 어스름 즈음, 동아리 활동을 마치고 나오는데 도서관 앞 벤치에 60대 정도 돼 보이는 어르신 한 분이 앉아 있었다. 수수한 차림으로 겨드랑이에 신문지를 말아 끼우고 있었다. 두 손은 점퍼 주머니에 넣은 채 먼 곳을 응시하고 있었는데, 누군가 기다리는 듯했다. 뮤트(mute) 처리된 영상을 대하듯 멀찍이 서서 지켜보는데 입김이 눈에 들어왔다. 꽃샘추위가 채 가시지 않은

3월 하순의 공기 틈새로 어르신의 하얀 입김이 뿜어져 나오고 있었고 나지막이 노래 한 소절이 함께 실려 나왔다.

"그저 바라볼 수만 있어도 좋은 사람
그리워 떠오르면 가슴만 아픈 사람……."

유익종의 노래였다. 당시 알고 있던 몇 안 되는 7080세대 애창곡 중 하나가 귀에 들어온 순간, 노래하는 그 모습이 한없이 낭만적으로 느껴져 눈길을 거두지 못했다. 잠시 후 결국 눈이 마주쳐 "왜요?" 하듯 쳐다보는 어르신의 얼굴을 대할 때까지 내 훔쳐보기는 계속되었다. 당황한 나머지 짧고 가벼운 눈인사만 건네고 돌아섰다. 그것이 전부였지만, 15년이 다 되어가는 지금까지도 그날이 기억난다.

여중생 시절, 한창 감수성이 예민했던 그때, 저마다 흠모하는 남자 선생님들을 '첫사랑' 상대로 지명해두곤 했다. 매일 아침, 교문으로 첫사랑의 차량이 들어서면 귀까지 발그레해진 소녀들이 교실 창문에 매달려 소리를 질러댔다. 나는 열두 살 차이 띠 동갑으로 비교적 젊은 축에 속했던 국어 선생님을 (요샛말로) 찜해둔 터였다. 90년대 초 희고 말끔했던 국어 선생님의 엘란트라 승용차는 BMW, 벤츠와도 견줄 수 없는 백마(白馬)였다. 3년 연속 국어시험 평균 98점에 그 흐름을 이어 대학 전공까지 국문학을 택했던 게 다

그분 영향이라면 믿어주실지 모르겠다. 어느 날 수업시간, 졸음에 휘청대는 우리의 시선을 창밖으로 고정하도록 하신 뒤, 세상 그 어떤 명곡과도 비교가 안 되는 감미로운 노래를 들려주셨다.

“이 세상 모든 것 내게서 멀어져가도
언제까지나 너만은 내게 남으리!
다정한 연인이 손에 손을 잡고 걸어가는 길
저기 멀리서 우리의 낙원이 손짓하며 우리를 부르네!”

국어 선생님을 첫사랑으로 지명해두었던 녀석들 모두 벅찬 감동에 노래가 끝나고도 몇 초간 가쁜 숨만 몰아쉬었다. 곧이어 교실 곳곳에서 터지던 탄성과 박수 소리는 어떤 콘서트 현장에서의 그것과 비교해도 손색이 없었다. 그렇게 「젊은 연인들」이라는 노래는 그로부터 지금까지, 아니 어쩌면 평생 여중 시절을 회상할 때마다 내 심박 수를 증가시키는 기억의 관문이 되지 않을까 생각한다.

일곱 살 꼬마 시절, 동네 피아노 학원에서 구민회관을 빌려 연말 발표회를 열었다. 아이들 재롱잔치 수준이었지만 저마다 한 곡씩 연습해서 부모님 앞에서 피아노 연주 실력을 뽐내야 한다는 점에서 제법 긴장되는 이슈였다. 그러나 정작 그날을 기억하게 한 사건은 뒤풀이 다과회 자리에서 일어났다. 크리스마스 시즌이니 캐럴과 동요를 포함해 자기가 좋아하는 노래를 앞에 나와서 불러보자

는 선생님의 제의가 있었다. 부모님과 친구들 앞에서 한 곡 멋지게 부를 수 있는 사람만 단상에 놓인 선물을 받을 수 있었다. 반짝이는 리본이 달린 선물 상자를 보며 침만 꼴깍꼴깍 삼키던 찰나였다. 요새 엄마들 못잖게 극성스런 치맛바람을 자랑하던 상은이네 엄마가 일어섰다. 곧이어 엄마 손에 떠밀려 단상 앞에 선 상은이는 잔뜩 주눅이 들어 있었다. 당장에라도 울음을 터뜨릴 모양이었다. 웅성거림이 커지기 시작할 무렵, 무슨 생각에서였는지 나는 벌떡 일어나 상은이에게로 뛰어나갔다. 나이답지 않게 오지랖 넓고 간이

켰던(친정어머니의 설명 참고) 나는 상은이의 손을 잡고 앞뒤로 세차게 흔들며 관객을 향해 노래를 질렀다.

"한겨울에 밀짚모자 꼬마눈사람
눈썹이 우습구나 코도 삐뚤고
거울을 보여줄까 꼬마눈사람"

어깨까지 들썩이면서 그것도 짧은 노래라고 연거푸 두 번을 부르고 나니 휘파람 소리 섞인 경쾌한 박수가 쏟아졌다. 동네 어른들은 나를 대견스레 보며 칭찬을 아끼지 않았고, 덕분에 우리 엄마는 다른 엄마들에게서 "부러워요. 어떻게 애를 저렇게 야무지게 키웠죠?" 등의 소리를 들으며 비행기를 타고 계셨다. 나야 친구가 꾸지람이라도 들을까 싶어 달려 나간 것이니, 그날의 오지랖은 엄연히 우정(友情)의 발로였다. 그 추억 때문인지 동요 중에서도 유난히 「꼬마눈사람」이 취학 전 어린 시절을 떠오르게 한다.

이름 모를 60대 어르신도, 사춘기 한 페이지를 뜨겁게 장식해주신 국어 선생님도, 수줍음 많던 동네 친구 상은이도 내게는 모두 한 곡의 노래와 함께 기억되고 있다. 그들을 떠올릴 때는 물론이고 그 시절의 다른 일들을 회상하면서도 자연스럽게 그 노래들을 생각하게 된다. 세대를 아우르는 불후의 명작이라서가 아니다. 나의 음악적 감성이 다른 이들보다 월등히 풍부해서도 아니다. 그냥 그렇게 내가 자각하지 못하는 사이에 나의 다채로운 일상에 하나둘씩 음악이 녹아든 까닭이다. 그렇게 깊이 스며들어 수많은 기억과 한 묶음으로 움직이고 있는 까닭이다.

음악 이야기를 해보고 싶었다. 전공자도 아니고 걸출한 노래 실력이나 악기 연주 실력을 갖춘 것은 더더욱 아니다. 결혼하고 두 아이의 엄마가 된 삼십 대 중반, 진공청소기 소음을 배경으로 이 방 저 방 돌아다니다가 반짝 떠오른 문장 하나가 있다. '소리가 스며들다.' 집 안을 말끔히 정리하고 있는 그 순간에는 내 일상에 청소기 소리가 스며들었고, 설거지를 하는 순간에는 물소리가 스며들었다. 생각이 꼬리에 꼬리를 물고 과거 회상으로 이어졌고, 살아오며 접했던 수많은 일이 저마다 어울리는 소리나 선율을 하나씩 달고 다닌다는 걸 깨닫게 되었다. 글을 쓰고 있는 이 순간에도 종이에 연필 쓱싹이는 소리와 컴퓨터 자판을 따닥따닥 두드리는 소리, 큰애가 거실에서 새로 배운 동요를 부르는 소리가 귓가를 울리고 있으니 말이다.

뮤지컬 「맘마미아」의 삽입곡으로도 유명한 ABBA의 「Thank You For the Music」이 있다. 그 제목처럼 언젠가는 꼭 음악에 감사하는 마음으로 책을 한 권 엮어보리라는 다짐이 있었다. 이 책에는 내가 음악을 통해 얻었던 흡족한 경험들과 기쁨에 대한 단상, "난 태생적으로 음악이랑 안 친하답니다."라고 단언하는 뭇 사람들에게 주고 싶은 작은 아이디어들이 담겨 있다. 밑져야 본전인 셈이니 하나둘씩만 따라 해보라고 감히 부탁한다. 장담하건대, 이미 음악은 당신의 삶 속 깊숙이 음각(陰刻)되어 있다. 그 선율을 찾아내고 적극적으로 즐겨보려는 시도가 있는 한, 당신의 감성은 삶을 마감하는 그날까지 네버랜드의 피터 팬처럼 싱싱한 젊음을 유지할 수 있을 것이다.

부족한 필력으로나마 글을 써보겠다며 시도 때도 없이 서재 책상을 독차지했다. 아이들에게 간식 하나 더 만들어줄 수 있는 시간을 쪼개어 책을 읽고 음악을 듣고 연필을 잡았다. 욕심 많은 내 모습을 바다와 같은 마음으로 보듬어준 남편과 사랑하는 딸 인서, 아들 인우에게 고맙다는 말을 전한다. 물정 모르는 범인(凡人)이 매일 수천수만 명작들이 쏟아지는 세상에 글월을 남길 수 있도록 이끌어주신 에세이퍼블리싱 관계자 여러분께도 머리 숙여 감사 인사를 드리고 싶다.

2011년 3월

경기도 성남시 태평동 아파트에서

차례

Happy Evening with Music

생활 속 음악 녹이기 프로젝트

음악이 스며든 날들

The Moment Colored by Music

Good Morning with Music

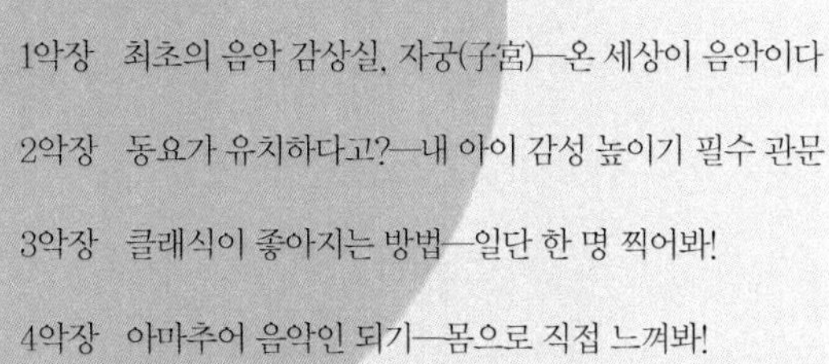

1악장 최초의 음악 감상실, 자궁(子宮)—온 세상이 음악이다

2악장 동요가 유치하다고?—내 아이 감성 높이기 필수 관문

3악장 클래식이 좋아지는 방법—일단 한 명 찍어봐!

4악장 아마추어 음악인 되기—몸으로 직접 느껴봐!

1악장

최초의 음악 감상실, 자궁(子宮)
—온 세상이 음악이다

젊은 기혼 여성들이 가장 많이 접하거나 관심을 두는 의학 지식은 임신 · 출산 · 양육에 관한 것이 아닐까 한다. 나 역시 결혼 후 어느 정도의 시간이 흘렀을 때 「건강한 첫 임신」, 「임신 전 필수 체크사항」 등의 이름을 가진 각종 책과 인터넷 자료를 섭렵했다. 첫 아이를 가졌을 때는 「천재 만드는 태교법」, 「순산을 위한 요가」, 「임신부 영양 식단」을, 출산을 마친 뒤에는 「모유수유 A to Z」, 「초보엄마 육아상식」, 「엄마 표 이유식 만들기」를 공들여 탐색했다.

그 과정에서 배우게 된 신기한 진리가 바로 태아의 청력에 관한 것이다. 귀가 만들어지는 시기는 임신 6주 이후, 듣기 시작하는 시기는 임신 5개월부터라고 한다. 자궁 속 태아는 자신의 심박과 모체의 심박, 모체의 내장 기관들이 가지는 리듬적 흐름을 양수와 탯줄을 통해 느낀다. 또 모체의 음성이나 외부 환경에서 오는 소리도 상당 부분 왜곡 없이 전달된다고 한다. 실제로 잔잔한 태교 음악을 듣고 자란 아이들은 그렇지 않은 경우에 비해 정서적으로 안정되어 집중력이나 분석력, 언어 능력이 뛰어나다고 한다.

'내가 듣고 느끼면 아기도 듣고 느낀다.' 는 등식이 성립되자, 아무 음악이나 닥치는 대로 들을 수 없었다. 듣기 편한 연주곡 장르로 대변되는 뉴에이지 음반 몇 가지와 즐겨듣던 클래식 모음집을 엄선했다. 청소나 설거지를 할 때, 마른빨래를 개킬 때, 잠자리에 들 때는 물론이고 산책이나 운동을 할 때도 MP3 플레이어를 듣고 다니며 고운 선율을 만끽했다. '이 음악 정말 괜찮네' 라고 생각할 때면 이따금 태동이 더 활발해지곤 했는데, 지금까지도 그 기분 좋은 움직임과 음악의 밀접한 상관관계를 의심해본 적이 없다.

다니던 산부인과에서 〈순산을 위한 소프롤로지〉라는 이름으로 임신부들을 위해 호흡법과 명상법을 가르쳤다. 5주 과정의 수강 조건은 두 가지였다. 분만을 3개월 정도 앞둔 임신부일 것, 가능한 한 아기 아빠와 함께 참석할 것. 남편은 전형적인 경상도 남자로 과묵하고 낯을 많이 가렸다. 사람 많은 곳을 이상하리만큼 싫어했고, 특히 남녀가 생판 모르는 사람들 앞에서 닭살스럽게 손을 맞잡거나 몸 군데군데 주물러주는 행위를 경멸의 눈초리로 바라보곤 했다.

교육 과정에 명백한 긍정적 요소가 없었다면 남편은 아마도 산부인과 직원과의 1 : 1 면담을 신청해서라도 나를 '단독 참여 수강

생' 으로 만들었을 것이다. 다행히도 막상 분위기가 무르익으니 남편을 포함해 교실에 둘러앉은 아기 아빠들은 임신부들보다 더 적극적으로 설명을 듣고 질문도 던지고 명상에 참여했다.

소프롤로지(Sopfrology)는 명상을 통해 심신을 안정시키고 산통을 극복하도록 도와주는 이른바 '초통(超痛) 분만법' 이다. 서양의 근육 이완법과 동양의 선(禪) 요가를 응용하여 고안해 낸 것이라는데, 1970년대 후반 프랑스에서 처음 분만에 적용되었다. 지금은 유럽 및 일본 등지에서 인기가 있다고 한다. 간호사들의 안내에 따라 즐겁고 행복한 상상을 집중적으로 해보는 연상 훈련, 간단한 체조, 복식호흡 등을 진행했는데, 예상대로 나에겐 연상 훈련이 가장 인상적이었다. 명상 시간의 배경음악은 대부분 잔잔하면서도 다소 신비스럽고 몽환적인 느낌이 드는 곡들로 구성되었는데, 대체로 그런 분위기의 음색을 보이는 악기들(오카리나 등)이 사용된 듯했다.

분만 당일의 상황을 머릿속으로 시뮬레이션해보면서 큰 고통 없이 아기를 낳는 내 모습을 상상했다. 고운 음악을 배경으로 귀엽고 사랑스러운 내 아기를 품에 안게 되는 순간을 그렸다. 이 과정이 반복되는 동안 마음이 편안해져 스르르 잠이 들기도 했다. 두통도 잠잠해졌다. 실제로 출산 당일, 약 8시간의 진통 끝에 첫아이를 낳을 때까지 "끄응 끄응" 하는 정도의 신음만으로 아픔을 견뎌냈으니 효과는 입증된 셈이다.

분만 대기실 곳곳에서 공포영화의 한 장면을 방불케 하는 비명이 터져 나오고 있는데 나는 분만실로 이동할 때까지 MP3 플레이어에 저장해둔 명상음악을 들으며 깊은 복식호흡을 했다. 조명을 어둡게 하고 볼륨을 낮춰 잔잔한 클래식 음악을 틀어둔 분만실에서 그렇게 우리 딸이 모습을 드러냈다. 찢어지는 듯 시끄러운 괴성 없이 조용히 세상 빛을 만난 딸아이는 충격을 거의 받지 않았던 것 같다. 눈만 멀뚱멀뚱 뜨고 있다가 한참이 지나서야 첫 울음을 터뜨렸다.

숱한 시뮬레이션 끝에 '고통 없이 분만할 수 있다'는 일종의 자신감을 얻은 데다 즐겨 듣던 익숙한 선율이 긴장감을 감소시키는 데 한몫했던 것 같다. 긍정적인 상상에 듣기 좋은 음악이 더해지면 사람의 잠재적 인내력과 집중력이 얼마나 극대화될 수 있는지 실감했던 날이다. 나중에 들은 이야기이지만 복도에서 기다리시던 친정어머니는 나쁜 일이 생긴 건 아닌가 싶어 발을 동동 구르셨다고 한다. "산모도 조용하고 응애응애 소리도 안 나고 너무 잠잠하니까 애 안 낳은 줄 알았다."며…….

그렇게 세상에 태어난 딸아이가 이제 일곱 살, 내년이면 학교에 들어간다. 또래 아이들과 비교하면 두드러지게 감수성이 풍부하고 감정을 언어로 표현해내는 능력도 좋은 편이다. 노래 부르기를 좋아하고 한번 들은 음악은 그 가락을 기억해뒀다가 며칠 뒤 다시 들려줘도 "이건 지난 목요일에 엄마가 저녁밥 만들고 있을 때 라디오에서 나오던 노래야!" 하는 식이다. 따로 피아노 교습을 받게 해준 적이 없는 데도 동요를 몇 차례 천천히 연주해주면 곧잘 따라서 오

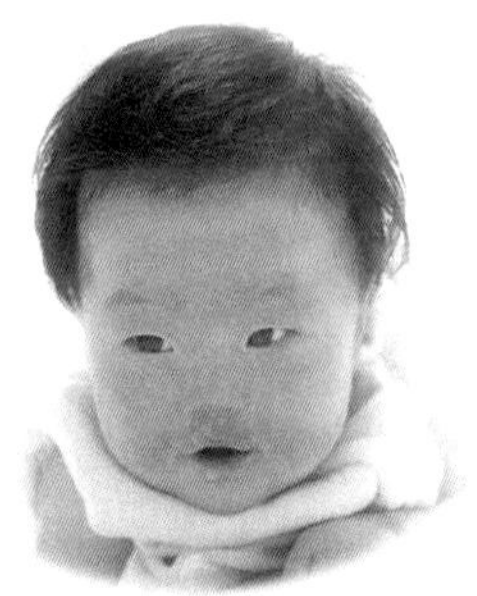

른손 건반을 짚어낸다. 다른 지능이 어떤 수준으로 발달하고 있는지는 잘 모르겠지만, 음악적 감성지수(EQ)가 상당히 높고, 그것이 음악 태교의 영향을 받은 결과라는 건 거의 자명한 것 같다.

꿈을 꾸었다. 주변은 아주 어둡고 곁에는 아무도 없는데 온몸은 기분 좋게 따뜻하고 안정적인 부력(浮力)을 받고 있는 듯했다. 규칙적으로 쉬익쉬익 하는 소리, 꾸르르르 떨리는 진동, 물이 흐르는 듯한 소리가 제법 크게 들렸고, 도란도란 주고받는 사람들의 말소리와 경쾌한 음악 소리 등이 끊임없이 이어졌다. 몸통을 전체적으로 이리저리 움직일 수는 있었지만, 입으로 말을 하거나 뭔가 집어먹는 동작은 뜻대로 되지 않았다. 간헐적으로 입에 들어오는 미지근한 물을 꼴깍꼴깍 삼킬 뿐이었다. 시도 때도 없이 졸음이 쏟아져 어느 틈엔가 깊이 잠들었고 슬며시 눈을 뜨면 다시 그 상태로 다양한 소리를 들으며 시간을 보냈다. 뭔가 먹지 않아도 극심한 허기가 느껴지지 않았다. 말을 건넬 대상이 눈앞에 없는 데다 소리를 낼 수조차 없으니 구체적인 커뮤니케이션은 불가능했다. 가끔 상냥하고 익숙한 여자 목소리가 말을 건네는 듯했는데 무슨 뜻인지 몰라도 그때마다 기분이 좋아졌다.

그러다 곧 생각에 잠겼다. 이게 무슨 상황일까. 나는 왜 여기에 와 있고 이 소리의 정체는 무엇일까. 프란츠 카프카의 소설 『변신』 속 주인공 그레고리처럼 어느 순간 다시 눈을 떴을 때 흉측한 벌레가 되어 있는 건 아닐까. 언제까지 이 어두운 공간에 있게 될까. 내가 여기서 할 수 있는 일이라곤 눈을 깜빡거리는 것, 아름다운 음악들을 포함해 잡다한 주변 소리를 듣는 것뿐이다. 뭘까. 이게 뭘까. 도대체 뭘까.

첫 출산 전, 내 몸 안에 숨 쉬고 있는 생명체가 무엇을 보고 듣고 느끼는 것일까 반복해서 상상해봤다. 그러다가 몇 차례 비슷한 꿈을 꾼 것이다. 마치 아기가 궁금증을 해결해주려고 의식의 관문을 넘나들며 텔레파시를 시도한 것 같았다. 생생한 꿈 이야기를 하자 어떤 이는 "하여간 특이해!"라며 혀를 찼고, 또 다른 이는 "내가 볼 때 이건 임신성 신경과민"이라며 자칭 산부인과 전문의로 변모했다. 남편 역시 "모성본능이 극대화된 탓"이라 했고 나중에 팔불출 스타일의 극성스런 엄마가 될 것 같다며 걱정했다. 그저 상상력이 좀 풍부한 것뿐인데 말이다. 그러니까 원초적 본능뿐인 태아나 갓난아이의 의식이 아니라 사물의 이치와 도리 분별이 가능한 한 인간, 지각(知覺) 있는 성인의 상태로 타임머신을 타본 것이다. 자궁 속 환경이 어떻게 느껴질까, 그야말로 입장 바꿔 생각을 해본 셈이다.

상상을 근간으로 한 꿈꾸기가 반복되면서 말과 행동, 식습관과 마음가짐 등 매사에 있어 부정적 요소를 없애거나 최소화시키려고 애쓰게 되었다. 특별히 태아의 청력에 대해 관심을 갖게 된 만큼 시끄럽지 않은 곡을 물색했고, 누가 듣더라도 정말 '자꾸 듣고 싶어지는 음악' 이라 할 만한 곡들을 집중적으로 찾아다녔다. 임신부 체력에 무리가 가지 않는 범위 내에서 발품도 조금 팔았다. 대형 음반 판매점을 직접 찾아가 미리 듣기 시스템이 설치된 곳에서 온종일 음악 감상을 해보기도 했고, 점원에게 추천을 받기도 했다. 거기에 주변 사람들의 조언과 인터넷 자료 검색 노력이 더해져 하나의 리스트가 완성되었다. 최근 수집 자료까지 포함해 〈마음이 즐거워지는 태교 음악 베스트 50〉 파일을 만들었다. 임신을 계획하고 있거나 이미 출산을 앞둔 임신부들, 아기를 낳고 돌보며 산후조리를 시작한 새내기 엄마들에게 권한다. 이미 노련한 육아 전문가가 돼 있으나 이따금 지친 일상으로 우울함을 호소하는 엄마들에게도 공개한다. 음악이 사람의 마음을 얼마나 따뜻하게 어루만져줄 수 있는지, 힘든 심신을 얼마나 생기 있게 변화시킬 수 있는지 함께 느꼈으면 하는 바람이다.

〈마음이 즐거워지는 태교음악 베스트 50〉

	아티스트	곡명
1	Acoustic Café	Last Carnival
2	Acoustic Café	Over The Rainbow
3	Andre Gagnon	Lair Du Soir
4	Andre Gagnon	Les Jours Tranquilles
5	Andre Gagnon	Prologue
6	Andre Gagnon	Smoke Gets In Your Eyes
7	Beethoven	Fur Elise
8	Beethoven	Piano Sonata No.14 In C Sharp Minor
9	Beethoven	Piano Sonata No.8 In C Minor
10	Claude Bolling	Irlandaise
11	Claude Bolling	Sentimentale
12	David Benoit & Jim Brickman	Glory
13	David Lanz	Leaves On The Seine
14	David Lanz	Where The Tall Tree Grows
15	Elgar	Salur Damour
16	Ennio Morricone	Once Upon A Time In The West
17	Enya	Orinoco Flow
18	Enya	The Memory Of Trees
19	George Winston	Joy
20	George Winston	Thanksgiving
21	Isao Sasaki	Loving You
22	Isao Sasaki	Princess of Flowers
23	Mendelssohn	On The Wing Of The Song
24	Mozart	Piano Concerto No.21 In C
25	Nakamura Yuriko	Dear Green Field

	아티스트	곡명
26	Nakamura Yuriko	Your Precious Day
27	Nishimura Yukie	Close To You
28	Pudding	If I Could Meet Again
29	Pudding	Kiss Of The Last Paradise
30	Pudding	Maldive
31	Richard Clayderman	Ballade Pour Adeline
32	Ryuichi Sakamoto	Rain
33	S.E.N.S.	Like Wind
34	S.E.N.S.	Love
35	Steve Barakatt	Flying
36	Steve Barakatt	Here I Am
37	Steve Barakatt	Rainbow Bridge
38	Sweet People	Lake Como
39	Yanni	Once Upon A Time
40	Yanni	Reflections Of Passion
41	Yanni	To the One Who Knows
42	Yuhki Kuramoto	Lake Louise
43	Yuhki Kuramoto	Meditation
44	Yuhki Kuramoto	Romanc
45	Yuichi Watanabe	Arirang
46	김광민	설레임
47	양방언	Treasures
48	이루마	Kiss The Rain
49	허윤정	Cello Blossom
50	허윤정	You're My Everything

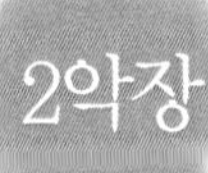

2악장

동요가 유치하다고?
—내 아이 감성 높이기 필수 관문

동네 어린이집에 다니는 딸아이는 새로 배운 동요들을 곧잘 따라 부른다. 태교의 영향도 있겠지만, 워낙 음악 듣기와 노래 부르기를 좋아한다. 좋아하는 만큼 관심이 넘쳐나니 또래 아이들이 불러야 할 예쁜 동요들을 넘어서서 가끔은 대중가요를 따라 부르기도 한다. 한번은 인기가요 순위 프로그램을 유심히 보더니 맘에 드는 노래 몇 곡을 골라 끊임없이 가사의 의미를 물어왔다. 요즘 남녀노소 불문하고 한번 보면 그 매력에서 헤어 나올 수 없다는 아이돌 그룹 '소녀시대'가 있다. 딸아이 역시 그 예쁜 언니들의 몸짓과 달콤한 노랫소리에 이끌려 한동안 따라 하기를 멈추지 않았다. 그 그룹 구성원 중 가창력 좋기로 유명한 가수 태연이 「만약에」라는 발라드곡을 내고 인기몰이를 했었다.

그 무렵의 어느 날이다. 점심을 먹고 주방을 정리하며 어느 때처럼 선호하는 곡들을 모아 만든 CD를 거실에 틀어두었다. 「만약에」가 흘러나오자 소파에 앉아 있던 딸아이가 눈을 감고 집중해서 노래를 듣더니만 이내 하나씩 질문을 던져오기 시작했다. 이해를 돕기 위해 문제의 곡 「만약에」의 후렴구 가사를 한번 읽어보는 게 좋겠다.

내가 바보 같아서, 바라볼 수밖에만 없는 건 아마도
외면할지도 모를 네 마음과, 또 그래서 더 멀어질 사이가 될까 봐
정말 바보 같아서, 사랑한다 하지 못하는 건 아마도
만남 뒤에 기다리는 아픔에 슬픈 나날들이 두려워서 인가 봐

무릎을 탁 치게 하는 딸아이의 깜찍한 질문들과 우물쭈물 고민하던 나의 대답들은 다음과 같았다.

Q: 엄마, 이 언니는 왜 자꾸만 자기를 스스로 바보라고 말하는 거야? 바보는 예쁜 말이 아니잖아. 왜 자기한테 이런 안 좋은 말을 자꾸 해?

A: 음, 이 언니는 지금 누군가를 좋아하고 있어. 인서도 어린이집 현빈이를 좋아한다고 했지? "나 너 좋아해!"라고 말하고 싶은데 부끄럽고 쑥스러워서 자꾸만 말을 못하게 되니까 자기가 바보처럼 생각됐나 봐.

Q: 전에 엄마가 외면하는 건 모른 척하는 거라고 했잖아. 그럼

이 언니는 오빠가 자기를 모른 척할까 봐 좋아하면서도 좋아한다고 말을 안 하는 거야? 친구가 좋아한다고 하면 기쁜 일인데 왜 모른 척해? 이상하잖아.

A: 음, 그렇지. 누군가 나를 좋아해 주면 기쁜 일이지. 그런데 나를 좋아해 주는 사람한테 잘 대해주지 못하게 되는 경우도 많아. 할 일이 너무 많아 바쁘다든지, 먼 곳으로 이사를 해서 자주 볼 수 없게 된다든지, 다른 사람을 더 많이 좋아하고 있다든지 해서 말이야. 그래서 미안한 거지. 너무 많이 미안하면 미안하다는 말을 못하고 그냥 모른 척하게 되기도 하거든.

Q: 그래? 그럼 '기다리는 아픔' 때문이라고 한 건 뭐야? 정말로 많이 좋아하면 그 사람이 바쁘지 않을 때까지 기다려주고 이사를 하더라도 다음에 또 기다렸다가 만나면 되잖아. 그렇게 기다려줘야 착한 거잖아. 또 나 말고 다른 사람을 더 좋아하고 있는 사람한테는 사랑한다고 말하면 안 돼? 서로 다 같이 사랑하면 더 좋은 거 아니야?

A: 아, 그건 말이야. 인서야, 전부 다 같이 서로 좋아하고 사랑해주면 제일 좋은데 아빠 엄마처럼 결혼해서 귀여운 아가들 낳고 살 수 있는 건 딱 한 사람이랑만 하게 돼 있거든. 그 한 사람을 골라야 하기 때문에 모두와 똑같이 사랑할 수는 없는 거야.

Q: 그럼, 엄마는 아빠만 사랑하고 나는 아빠만큼 안 사랑해? 한 사람만 골라야 한다면서? 어린이집 선생님들도 우리 모두를

똑같이 사랑한다고 했는데 그건 거짓말이네?

A: 아니, 그건 거짓말이 아니야. 세상엔 여러 가지 사랑이 있거든. 결혼하는 사람들끼리 하는 사랑, 선생님과 학생들의 사랑, 부모님이랑 아이들의 사랑, 친구들끼리의 사랑처럼 아주 많은 사랑이 있어. 그러니까 이 노래에서는 결혼하는 사람들끼리의 사랑을 이야기하고 있는 거야. 에휴!

실은 좀 더 긴 버전의 문답 상황이다. 가장 알아보기 쉬운 형태로 요약한 게 이 정도다. 아이들의 순진무구함과 창의성, 착한 마음을 토대로 만들어지는 질문들은 가히 놀라운 것들이다. 감탄사가 절로 쏟아지고 다시 곱씹어 생각해보면 틀린 것 하나 없는 바른 소리다. 논리적으로 접근해서 설명해보려고 무진 애를 썼다. 그러다가 결국, 그 순수한 생각대로 살아갈 수 없는 게 우리 삶임을 직시하기도 했다. 아이들에게서 배운다는 게 어떤 것인지 다시 실감하는 순간이 많다.

여섯 살밖에 안 된 아이가 대중가요 몇 곡을 듣다가 남녀관계의 미묘한 심리적 상황을 반복해서 물어오니, '아, 내가 문화 콘텐츠 여과지(濾過紙) 역할을 좀 해야겠다' 는 결심이 섰다. 가사도 아름답고 선율도 기막히게 듣기 좋지만, 아이들이 이해하기엔 가요의 한 구절 한 구절이 너무 심각하다. 일단 내 아이들이 나이에 맞는 문화 요소들을 충분히 접할 수 있도록 좀 더 적극적으로 노력해야 한다는 생각이 굳어졌다. 우선 읽기 쉽고 흥미진진한 동화책 몇 권을 찾아냈다.

그런데 더 재미있는 사실은 소위 명작들로 일컬어지는 숱한 동화들도 아이들에게 허를 찔리기 십상이다. 부분적으로 안타까운 내용이 상당하다는 것이다. 덴마크 안데르센의 『인어공주』와 독일 그림 형제의 『헨젤과 그레텔』이 대표적인 문제작이었다. 어느 날 딸아이가 미간을 찌푸린 채로 걸어와 질문을 던졌다. 그렇게 또 나에게는 쩔쩔매는 순간이 다가왔다.

Q: 엄마, 이상해. 왕자님이 위험했을 때 구해준 건 인어공주 언니잖아. 그런데 왜 왕자님은 다른 여자하고 결혼해?

A: 인어공주가 왕자님을 구해줄 때 왕자님은 기절해 있었잖아. 누가 구해준지 몰라서 그래. 그리고 인어공주가 마법에 걸려서 말을 못하니까 "제가 구해줬어요." 하고 설명을 못 했잖아. 그러니까 왕자님이 끝까지 몰라서 일이 그렇게 된 거지.

Q: 알았어. 그럼 인어공주 언니는 왜 물속에 뛰어 내려서 죽어버리는 거야? 왕자님이 마음을 몰라준 게 더 나쁘잖아. 또 나쁜 여자는 자기가 구한 것도 아니면서 거짓말을 했잖아. 그 사람들을 죽이면 목소리도 다시 찾을 수 있는데, 왜 자기가 죽어?

A: 어머, 인서야. 어떻게 사람을 죽여? 사람 죽이는 건 정말 나쁜 일이잖아. 인어공주는 착해서 그런 행동을 할 수 없었던 거지.

Q: 엄마, 그러면 남을 죽이는 건 나쁘고, 스스로 죽는 건 좋은 거야? 지난번에 아빠가 스스로 죽어버리는 사람들은 정말 바보들이라고 했단 말이야.

A: …….

Q: 이상하지? 그리고 또 이상한 거 있어, 엄마. 『헨젤과 그레텔』에서 아빠랑 새엄마가 먹을 게 없고 힘들다고 헨젤이랑 그레텔을 숲 속에 버리고 오잖아. 어떻게 아들과 딸을 버릴 수 있어? (이 대목에서는 눈물까지 그렁그렁한 얼굴을 유지)

A: 원래 헨젤과 그레텔 아빠는 착한데, 못된 새엄마가 자꾸 나쁘게 이야기를 해서 그렇게 된 거야.

Q: 그럼 나쁜 사람이 자꾸 나쁜 짓을 하자고 하면 그렇게 따라 해도 되는 거야? 애들이 너무 불쌍하잖아.

A: 그렇지. 나쁜 짓 하자고 하는 거 따라 하면 안 되지. 네 말이 맞다.

Q: 그리고 나중에 나쁜 마녀가 잡아먹으려고 하니까 애네들이 뜨거운 솥 안에 마녀를 던져서 죽이잖아. 나쁜 행동을 하는 사람들은 이렇게 막 죽여도 괜찮아? 사람 죽이는 건 정말 나쁘다면서?

A: 그랬지. ……에휴!

누굴 탓하랴! 그 어떤 사교육이나 영재교육에도 물들이지 않고 그저 집에서 책 읽고 음악을 듣게 해주는 것에 만족했다. 그렇게 하되 여러 각도에서 창의적으로 생각할 수 있게 도와주자는 게 우리 부부의 생각이었다. 특히 말을 바르게 사용하도록 가르치자는 생각이 강했던 터라 다양한 주제로 발음을 정확히 해서 또박또박 말을 걸어주곤 했다.

한 글자 두 글자 배워가던 아이에게 어느 날 소위 언어 폭발이 일어났다. 짧은 단어 및 문장들을 토대로 꼬리에 꼬리를 무는 생각에 빠지게 되고 거기에 대해 질문을 던지기 시작한 것이다. 기쁨과 감동도 잠시, 우리 부부는 시도 때도 없이 세상만사에 대해 "도대체 왜 그러는 건지 모르겠다"며 질문을 해 오는 딸아이 앞에 그 순진무구함을 해치지 않을 적절한 답을 해주느라 애를 썼다.

그러다 어느 순간 문득, 동요에는 심오한 진리를 파헤치느라 고단해할 만한 주제들이 거의 없다는 걸 발견했다. 왠지 모를 애잔함이 묻어나는 동요들이 더러 있기는 하지만 불시에 질문 공세를 받았을 때 극복(?)해내지 못할 정도의 내용은 없으니 말이다. 워낙에 음악을 좋아하기도 하니, 아이의 관심을 동요 쪽에 좀 더 치우치도록 유도하는 건 어렵지 않았다. 거기에다 여섯 살의 정서를 한껏 풍부해지도록 도와줄 만한 앙증맞은 율동을 곁들여봤다. 작전은 대성공이었다. 동요에 좀 더 관심을 두게 하고, 미주알고주알 철학적 질문을 던지는 건 초등학교 저학년 이후부터 할 수 있도록 유도해보자는 전략이었다. 마침 어린이집에서도 매주 다양한 동요들을 율동과 함께 배우고 있던 터라 교육 패턴에 일맥상통하는 면이 있었다. 인터넷의 각종 유아교육 웹 사이트에 가입하고 일정 비용을 지급했다. 가사가 재미나고 따라 부르기 쉬운 동요들을 내려 받기 시작한 게 그때부터다.

함께 노래를 불러주고 노래 내용에 대해 이야기를 나눠주니 딸아이는 정말 많이 좋아했다. 동요 쪽으로 관심의 상당 부분을 옮겨놓았다고 해서 질문이 쏟아지지 않은 것은 아니다. 그러나 나의 예상대로 아이의 천진난만함을 저해(?)하는 내용이 없으니 오히려 자연스러운 소통에 큰 도움이 되었다. 그 예로 제12회 MBC 창작동요제(1994) 금상 수상 곡인 「꿀벌의 여행」을 들 수 있겠다. 노래 내용은 이렇다.

윙윙! 거칠고 험한 산을 날아가지요
윙윙! 머나먼 나라까지 꽃을 찾아서

웡웡! 조그만 날개 고단하여 너무 지쳤지만은
쉬지 않고 날아가지요
웡웡! 거칠고 험한 산을 날아가지요
웡웡! 머나먼 나라까지 꽃을 찾아서 야야야!

너무나 귀엽고 사랑스러워서 나조차 계속해서 부르게 되는 명곡이다. 너무 작아 잘 보이지도 않는 꿀벌 한 마리가 산도 넘고 강도 건너고 그렇게 머나먼 나라까지 꽃을 찾아간다는 내용이다. 의성어로 표현된 '웡웡!' 부분에서 한 번씩 탁 끊어서 강조하는 느낌으로 불러주게 되는데, 여기서 노래 부르는 아이들의 깜찍함이 극대화된다. 이 노래를 듣고 나서도 (굳이 그렇게 따질 필요가 없는) 질문은 날아왔다.

Q: 엄마, 이 꿀벌은 날개가 너무 작아서 피곤한데 왜 그렇게 먼 나라까지 날아가? 그냥 가까이에 있는 꽃을 찾아가면 안 돼? 왜 그렇게 위험한 산을 넘어가?

A. 음, 그건 말이야. 꼬마 꿀벌이 찾고 싶은 꽃이 가까운 곳에 있지 않고 아주 머나먼 나라에만 피어 있는 꽃이라서 그런가 봐. 가까이 있었으면 그 꽃한테 갔겠지.

Q: 그러다가 조그만 날개가 찢어지거나 몸이 다쳐서 죽을 수도 있잖아. 그렇게 꽃을 찾아가지도 못하고 죽으면 꿀벌이 너무 불쌍하잖아. 그냥 가까이 있는 꽃을 좋아하기로 하면 안 될까?

A: (얘가 진짜!) 음, 좋아하는 꽃이 어디에 있는지 아는데 그걸 찾아보지도 않고 포기하는 건 아깝잖아. 나중에 인서도 커서 어른이 되면 하고 싶은 일을 하기 위해 노력해야 하는 거야. 힘들고 어렵다고 다 포기하고 게으름 피우면서 쉬운 일들만 찾아다니면 훌륭한 사람이 될 수 없어. 이 노래에서는 힘들어도 열심히 날아가는 꿀벌처럼 어린이들도 항상 노력하는 사람이 되라고 가르쳐주는 거야. (앗싸! 이 정도면 성공!)

한 차례 물꼬를 트니 대답하기가 한결 수월해졌다. 그리고 동요들 상당수가 이처럼 교훈적인 내용으로 설명할 수 있다는 사실도 알게 되었다. 그러면서 「어른들을 위한 동화」의 작가 정채봉 님이 생각났다. 그분의 집필도 이러한 데서 출발하지 않았을까 하는 생각이다. 세상에 큰 반향을 일으켰던 작품이다. 이미 성인이 되어 감동하는 횟수가 현저히 줄어든 우리에게 일상의 행복을 실감하게 해주고 눈물도 흘리게 해주는 명작이다. 이따금 동요를 감상하고 직접 불러보는 행위 역시 같은 맥락에서 해석할 수 있다. 풋풋하고 싱그러운 아이들의 감성을 높여주기 위해, 아이들과의 소통을 더 자연스럽게 하기 위해서는 물론이다. 거기에 더해 어른들이 때때로 동심으로 돌아가 아이처럼 웃고 즐기며 휴식을 취하기 위해 고마운 수단이 된다. 순수성이 한 겹씩 침식돼 가는 어른들에게 좋은 처방전이 될 수 있다.

딸아이를 통해 배우게 된 동요, 직접 검색하는 과정에서 알게 된 아름다운 동요들을 목록으로 정리해봤다. 오늘밤 잠자리에 들기 전에 아이의 두 손을 꼭 맞잡고 그 해맑은 눈동자를 들여다보며 한 곡 불러주는 것은 어떨까. 아이를 마주하지 않아도 좋다. 샤워를 마치고 김 서린 거울 앞에 서서(개인적으로 이 순간의 외모가 상당히 맘에 든다) 입꼬리를 살짝 올린 채로 한 곡 불러보는 것은 어떨까. 콜라겐도 보톡스도 필요 없다. 내일 아침 정서적으로 두어 살쯤 젊어져 있는 당신이 눈을 뜨게 될 테니까.

〈아이와 함께 들으면 행복해지는 동요〉

제 목	작사 / 작곡
가게놀이	박경종 / 김성균
간다간다	김성균 / 김성균
건너가는 길	김성균 / 김성균
괜찮아요	김성균 / 김성균
꼬까신	최계락 / 손대업
꼭꼭 약속해	미상 / 미상
꿀벌의 여행	이해별 / 이순형
냠냠	김성균 / 김성균
내 동생	조은파 / 최종혁
도토리	유성윤 / 황철익
모두 다 뛰놀자	박경문 / 김방옥
멋쟁이 토마토	김영광 / 김영광
병원놀이	장민수 / 장정옥
삐쭉이 빼쭉이	김성균 / 김성균
사랑	김성균 / 김성균
섬집 아기	한인현 / 이흥렬
솜사탕	이민숙 / 이민숙
숲 속을 걸어요	유종슬 / 정연택
아기 염소	이해별 / 이순형
아빠와 크레파스	하중희 / 이수인
아빠 힘내세요	권연순 / 한수성
어른이 되면	김성균 / 김성균
어린이 왈츠	원치호 / 권길상
얼굴 찌푸리지 말아요	최창언 / 최창언
얼음과자	박경종 / 정혜옥

제 목	작사 / 작곡
연날리기	권연순 / 한수성
옥수수 하모니카	윤석중 / 홍난파
우체부 아저씨	정근 / 정근
일어나요	이민숙 / 이민숙
잠자리	백약란 / 손대업
참 좋은 말	장지원 / 김완기

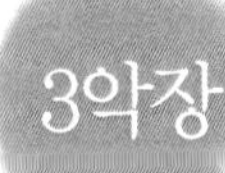

클래식이 좋아지는 방법
—일단 한 명 찍어봐!

아버지는 음악 애호가셨다. 20대 때는 클라리넷을 배우셨고 취미 삼아 연주하던 기타와 하모니카도 수준급이셨다. 감상용 음악으로는 피아노 연주곡을 가장 선호하셨는데, 그 영향으로 아주 일찍부터 내게 피아노 교습을 받게 해주려고 애쓰셨다. 막 여섯 살이 되었을 때 남들보다 키도 작고 손도 자그마했던 나는 어머니 손을 잡고 동네 피아노 학원 이곳저곳을 찾아다니며 교습 가능성에 대한 심사(?)를 받았다. 하나같은 반응은 "아이고! 너무 작다, 작아. 이렇게 아기 손을 해서는 시작 못 해요. 밥 더 먹고 얼른 커서 일곱 살부터 다니게 하세요."였다. 하는 수 없이 그렇게 집으로 돌아와 밥을 더 먹고 좀 더 자라 다시 학원 문을 두드렸다.

일곱 살이 되니 그럭저럭 교습을 받을 수 있겠다며 나를 받아주는 곳이 생겼다. 필수 코스인 '바이엘 상 · 하권' 부터 시작해서 '어린이 소곡집', '하농', '체르니 100번', '체르니 30번', '체르니 40번', '체르니 50번', '모차르트 소나타', '세계 명곡집' 등을 두루 연주하며 약 5년간 학원 교육을 받았다. 그 사이 전국 단위 피아노 콩쿠르에도 세 차례 참가해서 두 번은 최우수상, 한 번은 예선 탈락이라는 결과를 맛보기도 했다.

피아노를 배우면서 나에게는 신세계가 열렸다. 그림 그리기, 인형놀이, 노래 부르기, 종이접기 등을 하며 놀던 아이가 본격적으로 음악에 빠지기 시작했던 것이다. 학교에 들어가서도 음악과 소통하는 시간이 이어지니, 내게 단조로운 일상이란 없었다. 좀 특별한 점은 어린 나를 클래식의 세계로 황홀히 빠져들게 했던 한 남자가 있었다는 것이다. 어찌 된 일인지 (조숙했던 탓일 수도 있겠지만) 언제부터인가 그 남자에 대한 생각을 거치지 않고는 음악이라는 것을 논하고 싶지도 않을 만큼 깊이 사랑에 빠져버렸다. 호적에 잉크도 마르지 않았을 일곱 살 꼬마의 가슴을 뒤흔들었다. 그는 바로 독일의 음악가 베토벤(Ludwig van Beethoven)이었다.

일곱 살 당시(1984년), 주말 아침마다 KBS 3(지금의 EBS) 채널에서 세계 명인들의 삶을 짧은 영화로 만든 「TV 위인전」 같은 프로그램을 볼 수 있었다. 종종 눈곱을 주렁주렁 달고 잠옷도 갈아입지 않은 채였다. 그 모양으로 덜 개킨 이불 위에 앉아 100분 남짓한 시간 동안 집중해서 프로그램을 시청하곤 했다.

어느 날, 아버지가 "어? 베토벤 나온다. 지영아, 이 사람 멋있어. 한번 봐봐." 하시며 나를 텔레비전 앞으로 데려오셨다. 생생히 기억나는 그날의 소제목 이름은 '악성(樂聖) 베토벤' 이었다. 당시 '음악의 성인(聖人)' 을 뜻하던 그 두 글자를 '포악한 성질' 의 '악성(惡性)' 으로 잘못 이해했다. 그 때문에 어린 시절 한동안 "베토벤이라는 훌륭한 음악가가 있는데 성질이 아주 못돼서 앞에 악성이라는 말이 따라다닌다."며 친구들에게 설명하고 다녔다. 사실 베토벤을 더 잘 들어다보고 나면 악성(樂聖)도 맞는 말이고, 악성(惡性)도 틀린 표현은 아니라는 걸 인정하게 된다. 내 어린 시절의 오해는 그런대로 변명의 소지가 있었다.

프로그램은 '외화 시리즈' 에 속해 있어서 원음에 자막 처리가 돼 있었는데, 베토벤 역을 맡았던 배우는 목소리도 멋지고 눈빛에 카리스마가 넘쳐흘렀다. 극 내용 중에 백작의 딸 줄리에타에 대한 사랑을 표현하고자 그 유명한 피아노 소나타 14번 「월광」 1악장을 작곡하는 것으로 그려진다. 난생처음 대한 기막힌 선율에 주제가 남녀 간의 사랑이었으니 신기하기도 했을 것이다.

1800년대 초 독일 빈 주재 프랑스 대사에게 나폴레옹의 이야기를 전해들은 베토벤은 그를 인류의 구세주인 양 존경하게 된다. 프랑스 혁명 이후, 나폴레옹을 위해 교향곡을 작곡하던 베토벤은 그의 황제 등극 소식을 듣게 된다. 그때 교향곡 악보를 다 찢어버리는 장면이 나온다. 나폴레옹 역시 속물근성에 가득 찬 한 인간에 불과하다며, 폭군들을 위해서는 단 1초도 연주하지 않겠다고 외친다. 또 다른 장면에서는 사랑했던 여인과 숱한 세월 뒤 재회한다. 베토벤은 이런 질문을 받게 된다.

"결혼은 안 하시나요?"

옛 연인의 물음에 그의 대답은 명료했다.

"난 이미 음악과 결혼하였소. 음악이 없는 세상은 침묵일 뿐이라오."

캬! 매력은 거기서 끝나지 않았다. 베토벤의 유일한 오페라 곡 「피델리오」를 선보이던 날, 청력을 잃기 시작하던 그가 연주회를 망치는 것으로 묘사된다. 작업실로 뛰어 들어온 베토벤은 수북하게 쌓인 악보 더미를 두 손으로 사정없이 무너뜨렸다. 그는 얼굴을 감싸며 절규했다.

"자기가 만든 음악의 가장 부드럽고 아름다운 부분을 들을 수 없는 작곡가!"

청력을 거의 잃은 상태에서 「교향곡 9번」이 작곡되고 초연되었다. 초연 장면, 객석의 환호성과 기립 박수를 받는 그의 모습이 묘사되었다. 노년의 베토벤이 얼떨떨한 표정으로 고개 숙여 인사하는데 눈에는 눈물이 그렁그렁 맺혀 있었다. 감격을 표현할 방법도 잊은 채 아주 천천히 정중하게 몸을 숙이는 모습이었다. 일곱 살짜리 여자아이가 극본의 시대적 배경이나 행간을 어느 정도나 이해했던 것일까. 제대로 감동을 하기나 한 것이었을까 싶다. 당시 나는 가슴이 뛰어서 베개를 붙들고 눈물을 흘리고 펄쩍펄쩍 뛰기까지 했던 것 같다. 녹화된 테이프가 다 늘어질 때까지 50여 차례도 넘게 재생시켜 베토벤을 만났다.

아버지가 실수로 그 테이프에 동물 다큐멘터리를 덮어쓰기 하신 날, 나는 식음을 전폐하고 거실에 앉아 온 동네가 다 떠나가도록 울고 또 울었다. 그날 아버지로부터 "미안해." 소리를 100번은 넘게 들은 것 같다. 그렇게 100분 남짓한 프로그램 안에 배경음악으로 삽입된 베토벤의 작품들은 나에게 가장 사랑하는 클래식 작품 Best 5 정도로 남겨져 있다. 30년이 다 돼 가는 지금까지도 그 호감은 변함이 없다.

어린 감성으로 베토벤과 그의 음악을 알게 되면서 "세상엔 두 종류의 클래식 작품이 존재한다. 베토벤의 작품과 그의 음악이 아닌 작품들!" 하는 식의 엉터리 논리로 애정을 표현하고 다녔다. 아버지는 그런 내가 귀엽다며 한손에 쏙 들어올 만한 크기의 베토벤

석고상을 사주셨다. 조금 늦었지만, 이제라도 그 석고 베토벤에게 심심한 위로를 전해야 할 것 같다. 석고 베토벤은 매일 밤 나와 샤워를 해야 했으며, 온몸에 매운 칫솔질을 당해야 했다. 희고 깨끗한 석고상에 때를 묻힐 수는 없다며 어찌나 열심히 닦고 또 닦아댔는지 모른다. 1년이 채 지나지 않아 나의 베토벤은 성형수술이라도 한 듯 인상이 매우 유순해져 있었다.

요새 아이들이 소녀시대와 티아라, 빅뱅과 샤이니에 열광하기 시작하던 나이에 나는 고전파와 낭만파 음악을 잇는 거장과 사랑에 빠져 있었다. 그가 작곡한 피아노 소나타를 연주하려면 얼마나 대단한 실력을 갖춰야 하는지에 더욱 지대한 관심을 보였다. 안타깝게도 보다 전문적인 수준까지 교습을 받지 못하고 피아노 배우기를 중단한 터라 내 실력은 베토벤의 소나타 곡들을 연주하기엔 역부족이었다. 그 아쉬움은 결혼하고 아이를 낳은 주부가 될 때까지도 억척스럽게 나를 따라다녔다. '포기하기엔 너무도 아름다웠던 첫사랑의 흔적' 마냥…….

결국 집 근처 대학의 음대생을 불러서 2시간 레슨에 5만 원이라는 거금을 지급해가며 몇 주간 가장 급한(?) 곡들부터 마스터해갔다. 마스터라고 해봐야 악보를 이해하고 건반을 짚어 어느 정도 평균 속도를 유지하며 칠 수 있는 수준이었다. 하지만, 내게는 혁명과도 같았다. 레슨을 받을 당시 둘째를 임신한 지 6개월이었던 나는 그 어느 때보다 감성적이었다. '내가 베토벤의 「비창」 1악장과 「월광 소나타」 3악장을 연주하다니!' 하는 생각에 시도 때도 없이 코끝이 저렸다. 그 기쁜 마음은 일곱 살 꼬마의 그것과 크게 다르지 않았다.

나와 같이 특정 음악가의 삶과 음악에 대해 조기(早期) 황홀경을 경험하지는 않아도 좋다. 닥치는 대로 그때그때 귓가를 유혹하는 아름다운 음악에 빠져들어도 좋을 것이다. 하지만, 굳이 클래식이라는 장르의 매력을 제대로 한번 느껴보고 싶다면 '선택과 집중' 전략을 써보라고 말해주고 싶다.

일단 음악가를 한 명 정하는 거다. 가나다 순서를 적용해도 좋다. 맘에 드는 출신 국가를 기준으로 해도 좋다. 검증은 안 되었지만, 후세로 전해지는 초상화들로 미루어보아 가장 출중한 외모를 가진 이를 택해도 좋다. 라디오에서 흘러나온 클래식 한 곡을 듣고 무의식중에 하던 일을 멈췄다면 그게 누구의 작품인지 조사해보기 바란다. 그렇게 엄청난 경쟁률을 뚫고 당신에게 선택된 음악가가 있다면 이제부터 그와의 만남을 시작하면 된다. 그가 어디에서 태어났고, 어떠한 교육 과정을 거쳐 음악인의 길로 들어서게 되었는지 알아보라. 그에게 어떠한 아픔이 있었고, 어떠한 사랑이 있었고, 그러한 경험들을 매개체로 하여 만들어진 작품들은 없는지 조사해보라.

영화의 배경음악이 아름다운 주인공들의 모습을 떠오르게 하듯이 클래식의 선율도 스토리를 전제로 할 때 더욱 빛을 발한다. 당신의 상상 속에서 음악가의 모습을 창조하고 그의 인생 스토리를 떠올려가며 작품들을 감상하라. 그렇게 하면 분명히 달라진다. 클래식 공연장만 찾으면 하염없이 눈물을 쏟으며 하품을 하는 김 선생님도, 선물 받은 교향곡 음반 몇 장을 단 한 번도 끝까지 집중해서 들어본 적이 없는 박 선생님도 달라질 것이다. 누구나 '내 것'으로 정하고 의미를 부여하면 달라지는 법. 그렇게 한 명을 정해놓고 하나씩 알아가며 작품 세계를 탐구하는 것이 클래식과 친해지기 위해 얼마나 효과적인 방법인지 이야기하고 있는 것이다.

실제로 남편은 나와 만나 연애를 시작하기 전, 이미 이와 비슷한 방법을 적용해 한 명의 음악가를 진심으로 좋아하게 되었던 것 같다. 온 국민의 뜨거운 사랑을 받았던 SBS 드라마 「모래시계」라는 시대극을 통해 유명세를 탔던 곡이 있다. 이탈리아 음악가 파가니니(Paganini)의 「바이올린과 기타를 위한 소나타 E단조」가 그것이다. 당장에라도 엉엉 울음을 터뜨리게 할법한 애잔한 선율에 차갑게 절제된 바이올린의 음색이 기막히게 잘 어울리는 곡이다. 이 곡이 극 중 암울했던 80년대, 시대의 격랑을 맞닥뜨려야 했던 여인 '혜린'의 테마로 삽입되면서 이전까지 바이올린 음악에 그다지 흥미를 느끼지 못하던 많은 이들도 파가니니 마니아가 되었다. 남편 역시 그 곡을 매개로 파가니니 마니아 대열에 들었고, 내가 "우리 토벤 씨가 최고지." 하며 농을 던질 때마다 "네가 우리 파가니니를 몰라서 그래."로 응수한다.

마니아들은 한 겹 두 겹 파헤친 파가니니의 삶 속에서 아름다운 러브스토리를 발견했을지도 모른다. 파가니니에게는 사랑하는 여인이 한 명 있었는데, 그녀는 기타를 무척 좋아했다고 한다. 파가니니는 그 여인을 위해 기타를 열심히 연습했고, 탁월한 연주 실력을 갖추게 되었다고 한다. 기타 연주를 위한 곡만 무려 100곡이 넘게 작곡했고, 바이올린 곡에도 기타 주법을 응용한 흔적이 많이 남아 있다. 혹자들은 「모래시계」에 쓰인 유명한 단조 곡이 기타를 좋아하던 그 여인과의 이루지 못한 사랑을 배경으로 하고 있을 가능성에 대해 논하기도 한다. '악마의 바이올리니스트' 라 불릴 만큼 현란한 기교에 능했던 파가니니. 그의 연주를 듣고 객석의 여성들이 까무러치는 일도 다반사였다고 하니 그 상황을 상상해보는 것만으로도 가슴이 뛴다.

이 시점에서 리스트(Franz Liszt)에 대한 언급을 빼놓을 수 없겠다. 파가니니와 동시대를 살며 프랑스 파리에서 신동 피아니스트로 이름을 날린 인물이다. 리스트는 파가니니의 현란한 예술적 테크닉에 반해 '피아노계의 파가니니' 가 되기로 결심했다고 한다. 몇 해 동안 은둔하며 자신의 피아노 연주 기교를 파가니니의 그것과 유사한 수준으로 끌어올리기 위해 노력했고, 그 노력은 유럽 전역을 통틀어 그를 최고의 피아니스트가 되게 했다. 파가니니의 「바이올린 협주곡 2번」 3악장은 '라 캄파넬라(종소리)' 라는 부제(副題)로 더 많이 알려져 있는데, 리스트가 이 곡을 피아노 연주용으로 편곡한 작품이 클래식 애호가들에게 큰 사랑을 받고 있다. 그 배경을 전혀 몰랐던 나는 이렇게 말했다.

"리스트의 '라 캄파넬라' 정말 멋지다. 어떻게 이런 기교를 부리는 거야?"

그러자 남편은 펄쩍 뛰었다.

"아니, 그게 왜 리스트의 '라 캄파넬라'야? 그건 엄연히 파가니니의 작품이야, 이 사람아."

남편의 경우, 파가니니에 대한 관심을 토대로 리스트의 삶과 음악들에 대해서도 어느 정도 지식과 흥미를 쌓아두고 있었던 것이다. 이런 식으로 연관되는 부분들을 찾아가며 조금씩만 관심을 두면 된다. 작곡가들의 오푸스 넘버(OP. No. 작품번호)를 일일이 외워두지 않아도 좋다. 작품명을 원어로 줄줄 읊어대지 않아도 좋다.

유명 작품들을 해석한 각국 연주자들의 긴 이름들을 거론하며 이렇게 전문가 냄새나는 발언을 할 필요도 없다.

"아무래도 쇼팽을 표현하기엔 A보다 B의 터치가 더 섬세하고 수준이 있지."

그저 있는 그대로 충분하다. 귀에 들리는 대로, 마음에 느껴지는 대로 솔직하게 감상의 즐거움을 표현하고 호감 가는 곡들을 찾아 만끽하면 되는 것이다. '한 명 찍어보기' 프로젝트부터 시작해보자. 그러면 오랜 시간 마음속 깊이 담아둘 음악, 차분히 휴식을 취하고 싶을 때 생각나는 나만의 음악을 찾을 수 있을 것이다.

4악장

아마추어 음악인 되기
—몸으로 직접 느껴봐!

커튼 뒤. 두근거리는 가슴을 애써 진정시키며 심호흡을 한다. 사회자의 소개 인사가 끝나자 기대에 찬 관객들의 박수 소리가 소극장을 채운다. 암전(暗轉) 상태. 미리 약속해둔 형광테이프 선을 따라 한 걸음 한 걸음씩 무대로 걸어 나간다. 나비 대형으로 줄을 맞추어 자리를 잡고 멋스러운 포즈로 선다. 손에는 깃털이 가득 달린 부채, 얼굴에는 형형색색 무도회용 가면을 쓰고……. 전주가 흐르고 눈부신 조명이 들어오는 순간, 깊은 호흡과 함께 성대를 울려 첫 소절을 뿜어낸다.

"마스커레이드! 가면들의 무도회! 마스커레이드! 얼굴을 숨겨 찾지 못하도록! 마스커레이드! 모두 다른 모습들! 마스커레이드! 둘러보면 또 다른 탈바가지!"

소설이나 드라마의 한 장면이 아니다. 서른 살이 되던 해, 내가 직접 체험한 일이다. 생애 최고의 추억으로 고이 간직해둔 실제 상황이다. 스물아홉 살부터 서른한 살의 대한민국 국민들이 필수 감상 곡으로 주목하는 대중가요 「서른 즈음에」가 있다. 그 노래의 내용처럼 '머물러 있을 줄만 알았던' 20대의 푸른 꿈들이 '점점 더 멀어져가는' 기억으로 남겨지기 시작했다. 그 무렵, 생각했다.

'이대로 있어서는 안 돼. 더 나이 들기 전에 뭔가 내가 좋아하는 일을 한번 해보자!'

그러나 막상 생각에 잠기니 돈벌이와 무관하게, 순수하게 '좋아하는 일'을 찾기가 쉽지 않았다. 잘 떠오르지 않으면 일단 백지에 아무 말이나 끼적끼적 써보곤 하는데, 그때도 그렇게 답을 얻어냈던 것 같다. 좋아하는 것들을 적다보니 단연코 '음악'이 맨 윗자리를 차지했다. 그다음 '책 읽기', '재미있는 스토리 소재 찾아내기', '운동', '공연 감상하기', '노래 부르기' 등이 뒤를 이었다. 그렇게 몇 가지가 모인 다음 이미 적어둔 단어들을 이리저리 조합해보기 시작했다. '스토리가 있는 음악 즐기기', '운동하면서 노래하기', '공연에서 운동하기(?)', '뮤지컬 공연을…… 직접 해보기!'

조합의 끝 부분에서 순간적으로 숨이 턱 막히는 느낌을 받았다. 곧이어 머리 한쪽을 세게 얻어맞은 듯한 충격감과 함께 가슴이 두방망이질 쳤다. 원인 모를 두근거림을 주체할 수 없어 그렇게 책상을 마주하고 한바탕 인터넷 검색을 시작했다. '아마추어 뮤지컬', '뮤지컬 동아리', '직장인 뮤지컬 모임', '무대 공연 참여하기' 등 떠오른 아이디어와 조금이라도 개연성이 있을 것 같은 검색어는 모조리 다 입력해보았다. 유유상종(類類相從)의 법칙! 그것이 어떤 주제이든 세상에는 같은 생각과 같은 열정을 품고 모여드는 이들이 있기 마련이다. 컴퓨터 앞에 앉은 지 1시간 남짓 지나서 검색 범위를 눈에 띄는 몇몇 동아리들로 압축할 수 있었다. 그 가운데 가장 느낌이 좋은(지극히 주관적이지만) 동아리 한 곳을 골라 인원모집 담당자에게 전화를 걸었다. 그때의 떨림은 지금도 잊을 수 없다.

"저어, 20대가 아니라도 시작할 수 있나요? 저는 애도 있는 주부인데다 제대로 노래나 춤 교육을 받아본 적이 없어요. 그냥 음악을 많이 좋아하는 정도인데 배워서 참여할 가능성이 있는지 여쭤보고 싶었어요."

어찌나 긴장했던지 짧은 문장 몇 마디로 질문을 던지는데 목구멍으로 염소 한 마리가 드나드는 듯했다. 저 건너편에서 "큭!" 웃음 터지는 소리가 들리더니 곧 반가운 답변이 날아왔다.

"저희 다 30대 이상이에요. 마흔 다 된 사람도 있고 당연히 기혼자들도 있으니 나이는 걱정하지 마시고요. 석 달 뒤에 공연이 있으니까 무조건 참여한다는 결심으로 오셔야 해요. 일단 「레미제라

블」 삽입곡 「One Day More」 음악파일 찾아서 듣고 연습 좀 해서 나와 보세요."

한마디 한마디가 신의 계시를 듣고 있는 듯 쩌렁쩌렁 메아리쳤다. 나이도, 실력도 다 상관없고, 일단 해보겠다는 의지만 있으면 한번 덤벼보라는 얘기였다. 게다가 너무나 구체적이었다. 공연은 석 달 뒤, 처음 연습해야 할 곡도 내가 어릴 적 눈물을 펑펑 흘리며 접했던 작품인 「레미제라블」의 삽입곡이라 했다. 그렇게 해서 직장인들과 몇몇 전업주부들로 구성된 아마추어 극단의 문을 두드렸고, 내게 큰 하자(?)가 없었는지 그들 틈에 무난히 받아들여졌다.

막상 본격적인 연습이 시작되자 3개월은 너무 짧았다. 다듬어지지 않은 노래 실력에 자타공인(自他共認) 몸치였으니 말이다. 가진 것이라고는 끓어오르는 열정과 음악에 대한 평균 수준의 이해력, 중급 이상의 피아노 실력과 스트레칭으로 다져둔 유연성 정도였다. '그래 한번 해보자!' 결심이 선 후, 남편과 딸아이에게 폭탄선언을 했다. 사전 논의 한 번도 없이 그렇게 덜컥 음악 모임의 회원으로 가입했으니 얼마나 기가 막혔을까. 이제 3개월만 지나면 공연이라 연습을 엄청나게 해야 하니까 늦게 귀가하더라도 이해해주기 바란다는 말을 듣고, 상황을 잘 파악하지 못한 딸아이가 눈만 동그랗게 뜬 채 고개를 끄덕였다. 반면 남편의 눈은 그야말로 이글이글 타오르고 있었다. 황당함과 분노와 실망감이 뿜어져 나왔다. 그와 동시에 한번 마음먹으면 끝을 보고야 마는 내 성미를 아는 탓인지 허탈감과 절망감까지 흘러나오고 있었다. 몇 초간 그렇게 뚫어져라 나를 응시하던 남편이 힘겹게 입을 열었다.

"다치지 마. 아프지 말고. 직업 배우도 아닌데 그거 한다고 몸 상하면 가만 안 둘 거야."

미안함과 감사함이 마구 뒤엉켜 밤새 눈물을 줄줄 흘렸고, 그렇게 나의 아마추어 극단 생활의 막이 올랐다.

직장인들의 퇴근 시간을 기준으로 해서 모임이 진행되었기 때문에 연습은 거의 저녁 7시 30분 이후부터 세 시간가량 이어졌다. 금전적 여유를 부리기 어려운 봉급생활자들이 대부분이라 소규모 연습실을 빌리기 수월한 대학로 일대가 모임 장소로 굳어졌다. 경기도 성남시가 집인 나로서는 지하철로 오고 가는 데만 총 세 시간을 할애해야 했으니, 그렇게 3개월간 이어진 심신의 고단함은 말로 다 표현할 수 없다.

그렇게 코피를 쏟으면서도 연습실에 가면 저절로 심박이 빨라지고 호흡이 가다듬어졌다. 놀랍게도 시야는 맑아지고 뮤지컬 넘버들의 선율과 가사가 귀에 쏙쏙 들어왔다. 열다섯 명의 구성원은 현직 뮤지컬 배우를 선생님으로 모셨다. 지도에 따라 소프라노, 메조소프라노, 알토, 테너, 베이스 등으로 성부(聲部)를 나누고 각자 맡은 부분을 연습해서 화음을 맞춰나갔다. 안무가 필요한 부분에서도 역시 선생님의 의견을 토대로 대형을 갖추고 세부 움직임을 꾸며나갔다.

그렇게 연습한 핵심 작품들이 「레미제라블」, 「오페라의 유령」, 「맨 오브 라만차」, 「지킬 앤 하이드」, 「싱글즈」, 「맘마미아」, 「아이다」, 「미스 사이공」, 「가스펠」의 주요 곡들이었다. 명작 하나를 택해 처음부터 끝까지 무대에 올리는 것이 아니라, 특정 작품들의 핵심 장면과 인기 주제곡들을 엮어 갈라(Gala) 콘서트 형식으로 기획한 것이다. 이해도를 높이기 위해 몇몇 작품들은 직접 공연장에 가서 관람하기도 했는데, 역시 삽입곡들을 제대로 이해한 뒤에 즐기는 뮤지컬은 더욱 감동적이었다.

피날레 장식을 위해 추가된 작품이 「디즈니 데즐(Disney Dazzle)」이었다. 디즈니 제작 유명 애니메이션들의 주제곡 10곡 정도를 메들리로 엮은 명작이다. 이 곡의 안무를 하는 데만 몇 주의 시간이 흘렀다. 무엇보다도 빠른 템포의 곡을 원어로 외워 불러야 한다는 부담감이 컸다. 모두 가사가 적힌 작은 쪽지를 손에 쥐고 다니며 틈틈이 부지런을 떨었다.

나는 공연에서 「싱글즈」 여주인공들 가운데 한 명을 맡아 「자기」라는 뮤지컬 넘버를 불렀고, 「디즈니 데즐」에서는 인어공주 아리엘 역할을 맡아 「Part of the World」를 불렀다. 「맘마미아」의 「Thank You For the Music」의 MR(반주 음악)을 구할 수 없게 되자 내가 직접 멤버들의 움직임에 맞춰 피아노를 연주하게 되었다. 이 외에도 상당 부분 함께 목소리를 내고 무대에 오르는 장면이 많았다. 그래서인지 길고 어려운 곡을 솔로로 열창하고 싶다는 욕심

은 없었다. 나를 많이 내보여서 돋보이게 하고 싶다는 식의 강박관념은 없었다. 공연을 하게 되었다는 사실 자체가 감동이었다.

공연 당일 아침의 공기는 청량함 그 자체였다. 종로 3가 소극장으로 향하는 길, 겨울임을 나타내는 한기 외에는 모든 것이 맑고 깨끗해 보였다. 거리를 오가는 사람들의 움직임 하나하나가 다 친근하게 느껴졌고, 약간의 긴장감은 두 볼을 기분 좋게 상기시켰다. 분장을 쉽게 하려고 기초화장을 다소 두껍게 해둔 터라 '누가 보면 좀 웃길 것 같다.' 며 자꾸 얼굴을 가렸던 것 같다.

대기실로 들어서니 평소 연습실에서 피로감에 절어 꾀죄죄한 얼굴로 마주했던 멤버들이 모두 반짝 빛나는 모습으로 나타나 분장을 하고 있었다. 말없이 서로 분장용 눈썹을 붙여주고 의상을 점검해주고 무선 핀 마이크를 달아주는데 가슴이 뭉클했다. '언제 어디서도 만난 적 없던 사람들이 음악으로 하나가 돼서 같은 떨림으로 한 무대를 준비하고 있다.' 는 생각이 거듭 감동을 자아냈다. 이따금 서로 눈이 마주치면 속삭이듯 "떨지 말고 잘해 봐요." 인사를 주고받으며 웃었다. 흐뭇함 속에 푹 빠져 공연 시간이 되길 기다리고 있는데 나와 같은 장면에서 호흡을 맞출 파트너가 다가와 아직 식지 않은 따뜻한 꿀물을 한 잔 건넸다. 그때 해준 말이 진심으로 고마웠다. "아리엘은 「인어공주」에서 목소리를 잃어버리지만, 지영 씨는 오늘 목소리 잃어버리지 말고 잘하세요."

120분간의 공연은 성공적으로 끝났다. 전문 배우들이 아닌 일반 직장인들, 주부들이 무대에 서서 노래하고 춤추며 연기하는 데 두 시간은 결코 만만한 시간이 아니었다. 모두 합심해서 구성한 발표곡 순서와 유머러스한 막간 멘트들이 없었다면 그 정도의 갈채를 받지는 못했을 것이다. 특히 가면무도회 장면을 따온 「오페라의 유령」 삽입곡 「마스커레이드」로부터 「미스 사이공」 삽입곡 「Bui Doi」, 「레미제라블」의 「One Day More」, 피날레 「Disney Dazzle」 합창을 마친 직후에는 우레와 같은 박수를 받았다.

내가 참여했던 「싱글즈」의 한 장면도 기대 이상의 폭소를 이끌어냈고, 「인어공주」의 「Part of the World」도 다행히 실수 없이 잘 부를 수 있었다. 순간의 기쁨을 가문의 영광으로 기억하고 싶었다. 지금껏 그 독창 사진은 서재 PC에 잘 편집된 파일로 남아 있다. 공연장을 따라온 남편은 '정말 의외' 라는 듯한 눈빛으로 박수를 쳐주었다.

"알고 보니 무서운 여자네? 기어이 이걸 해냈구나."

단짝 친구를 포함해 지인들 일부는 눈물까지 글썽이며 축하해주었다.

"애 엄마가 뮤지컬을 해냈어!"

꽃다발을 한 아름 안고 서서 아직 채 진정되지 않은 가슴으로 사진 촬영을 하는데, 처음 동호회로 연락할 때 마냥 마음속 깊은 곳의 울림이 쩌렁쩌렁 머릿속을 채웠다.

"감사합니다! 감사합니다! 감사합니다!"

이미 익숙해진 세상 풍경의 한 귀퉁이를 장식한 느낌이라고 하면 어떨까. 인기 프로그램 「무한도전」이 생각난다. 트럼펫을 들고 쩔쩔매던 유재석이나 식은땀을 흘리던 색소폰 주자 정형돈, 정준하가 떠오른다. 그들이 만들어낸 콘서트 현장의 뜨거운 공기도……. 2010년 선풍적인 관심을 받은 「남자의 자격」 합창단의 「넬라 판타지아」도 같은 얘기다.

마음을 모아 소리를 모아 하나의 무대를 완성해내고 그 성취 끝에 눈물을 흘린다. 손을 맞붙잡은 채 기쁨의 눈물을 흘릴 수 있는 풍경……. 그 일체감은 모두 음악을 매개로 하고 있었고 나 역시 같은 열정으로 세상 풍경 한쪽 귀퉁이에서 내 무대를 완성해낸 것이었다. 음악 전문인들과는 거리가 먼 오합지졸 갑남을녀들이 숨은 끼와 패기만으로 무장했다. 그렇게 뭔가 해냈다는 사실이 너무도 감사했다. 갈라 콘서트를 통해 뮤지컬에 대한 관심이 깊어졌고 이미 알고 있었던 주제곡들과 새로 알게 된 곡들 가운데 나만의 노래로 삼아 열심히 불러보고 싶은 곡들도 생겨났다. 그렇게 '아마추어 음악인 되기' 프로젝트는 서른 살 겨울의 나를 뮤지컬의 신세계로 안내해주었던 것이다.

용기는 또 다른 일을 할 용기를 부르고, 기회는 또 다른 기회를 부른다. 이듬해 겨울, 음악에 대한 내 애정을 가장 순수하게 응원해주던 단짝 친구가 결혼했다. 상견례 후 날짜를 잡자마자, 친구는 "뮤지컬 경험이 있는 네가 노래를 불러야 하지 않겠니?"라며 선뜻 축가를 부탁해왔다. 부담스럽다기보다 기쁘고 고마웠다. 마침 동호회의 뮤지컬 공연 일정과 나의 둘째 임신 계획이 교묘히 겹쳐 있었다. 무대 위의 행복감은 잠시 접어두어야 했던 때였다.

평생 단 한 번뿐인 친구의 결혼식을 축하해주는 기회이자 소위 노래 부르는 감(感)을 유지하기 위해 개인적으로 훈련하는 기회였다. 나는 흔쾌히 부탁을 받아들였고 또 다른 남자친구(성별이 남자인 친구)를 불러들여 듀엣곡을 연습하기로 했다. 그 몇 개월 전, 결혼을 앞둔 그 단짝 친구와 함께 보았던 앤드루 로이드 웨버의 뮤지컬 「뷰티풀 게임」이 떠올랐다. 공연 당시, 미남 배우 박건형의 단독 캐스팅으로 유명세를 탄 데다, 한국 여자들이 제일 싫어한다는 '축구' 얘기와 '군대' 얘기의 결합이라는 우스갯소리로 종종 회자되던 작품이다.

우리는 단둘이서 같은 작품을 무려 다섯 차례나 관람하는 이상한(?) 행동을 하며 「뷰티풀 게임」에 대한 애정을 과시했다. 작품 속 주인공 남녀가 결혼하는 장면에서 흘러나오는 서약의 노래가 있다. 「To Have and To Hold」. 세월이 서로의 모습을 바꿔도 사랑이 변치 않길 기도한다는 내용에 서정적인 멜로디가 인상적인 곡이다. 작품의 비극적 결말과 괴리감이 심한 탓에 두 번째 관람부터는 남들 다 입꼬리 올리고 바라보는 로맨틱한 장면에서도 우리만 코까지 킁킁 풀어가며 눈물을 흘린 기억이 있다. 당시 친구는 해당 작품이 새드 엔딩이라는 데는 별로 신경을 쓰지 않고 누군가 훗날 자기 결혼식에서 「To Have and To Hold」를 불러주는 것이 가능

할까 이야기했었다. 축가를 고민하다가 한번 들으면 잊지 않고 새겨두는 나의 억척녀 본능이 살아났다.

'그래, 「To Have and To Hold」를 부르는 거야! 이걸 축가로 불러주자!'

문제는 대중성이었다. 예상 외로 국내에서 대히트를 기록하지 못한 뮤지컬 「뷰티풀 게임」의 인지도를 고려해야 했다. 결혼식 하객들을 축가 초반부터 꿈나라로 인도할 수는 없었다. 그래서 다소 긴 곡을 1분 길이로 편곡하여 축가 서곡으로 만들게 되었다.

사회자가 축가 타임을 알리는 즉시 원형 테이블에서 벌떡 일어났다. 그렇게 신랑 신부 앞으로 걸어 나가는 사이 「To Have and To Hold」가 울려 퍼졌다. 연이어 축가의 고전(古典)으로 일컬어지는 라이오넬 리치(Lionel Richie)의 「Endless Love」, 임창정 · 이소은의 「결혼해줘」를 불렀다. 저녁 결혼식인데다 축가 타임이 지나야 본격적인 만찬 코스 서빙이 이뤄졌다. 배고픈 하객들 앞에서 무려 세 곡의 축가는 원망을 살 만도 했다.

그러나 "얼마나 돈독한 사이였으면 저렇게 공을 들여 축가를 불러주느냐"며 우리의 유별난 우정에 박수를 보내주는 이들이 더 많았다. 단짝 친구는 상상 속에서만 축가로 의미를 부여했던 문제의 곡 「To Have and To Hold」가 흘러나오자 아예 신랑 쪽으로 고개를 돌려 눈물을 훔쳐냈다. 발매된 OST도 없었고 MR(반주 음악)을 구할 수도 없었기에 직접 피아노를 쳐서 녹음했었다. 녹음 파일을 그 큰 호텔 그랜드볼룸 안에 틀어두었으니 나의 담력도 어지간한

수준은 넘었던 것 같다

백문이 불여일견. 직접 몸으로 달려들어 체득한 아마추어 음악인의 자리는 눈부신 화려함이나 쏠쏠한 재미로만 대변될 수 있는 것이 아니었다. 용기를 내어 같은 계획을 세운 무리 앞에 한 걸음 내디뎌야 했고, 부족한 시간을 쪼개고 맞춰 집중적으로 연습에 참여해야 하는 고단함이 있었다. 하지만, 그 과정에서 음악적 감성은 한층 더 업그레이드된 것 같다. '나도 할 수 있다.'는 자신감을 얻으니 심신이 젊어진 것 같다. 소중한 경험담은 언제 어디서나 많은 이들과 공유할 수 있는 참신한 이야깃거리가 된다. 같은 장르 혹은 또 다른 장르의 음악 세계를 경험하고 싶은 충동이 일어나게 된다. 꼬리에 꼬리를 무는 호기심과 성취감은 당신을 점점 더 깊이 음악과 관련된 무엇을 하도록 이끌 것이다. 내가 지금 『음악이 스며든 날들』이라는 제목으로 책 한 권을 만들어내고 있듯이…….

그래서 직접 체험하는 노력을 멈추지 않으려고 한다. 다음번 미션은 피아노 연주다. 나의 어린 시절을 빛내준 고마운 취미 생활을 삼십 대 중반에 되살려볼 계획이다. 그 출발점으로 회원 수나 연주회 기획, 행사 개최 경험 면에서 두드러지는 동아리 한 곳을 물색해두었다. 분기별로 한 차례씩 하우스콘서트 형식의 연주회를 연다고 한다. 격식을 탈피해 소규모 홀 등에서 진행되는 이 연주회에는 이제 막 피아노를 배우기 시작한 새내기 연주자들에서부터 전공자들까지 모두 참여할 수 있다고 한다. 나처럼 취미 삼아 몇 곡씩 배워보려는 이들도 대환영이다. 연주회 개최 공지사항과 함께 참가자 모집 공고가 올라오면 선착순 신청이 시작된다. 그렇게 모인 사람들이 한 달 정도의 기간 동안 개인적으로 연습해서 무대에 서게 되는 시스템이다. 앞으로 1년 이내에 꼭 한번 아마추어 피아노 연주자로서의 무대 경험을 쌓아볼 생각이다. 어린 시절, 부모님 손에 이끌려 고사리 같은 손으로 참가했던 콩쿠르를 상기하며 또 한 번 타임머신을 타보려고 한다.

대부분의 경우, '해볼까?' 하고 생각한 시점에서 바로 돋보기를 들어야 한다. 내후년쯤? 결혼하고 나서! 일단 아이부터 낳고? 진급한 다음에! 다양한 이유를 갖다 붙이는 순간, 당신의 열정은 색이 바래고 온기를 잃어버릴 것이 분명하다. 아마추어 음악인의 세계에 도전해보고자 하는 결심이 섰다면 그 즉시 망설이지 말고 인터넷에 접속해보자. 눈을 크게 뜨고 각종 포털 사이트에 마련된 모임들을 찾아보는 것이다. 카페, 클럽, 동아리, 동호회, 그룹 등의 이름을 달고 "한번 들어와 보세요. 도전해보세요."라고 외치는 수많은 웹사이트를 접하게 될 것이다.

넘쳐나는 정보 앞에 나에게 딱 맞는 선택을 하기 어려워졌다면 백지를 꺼내라. 좋아하는 것들을 제한 없이 자유롭게 나열해보는 것이 시작이다. 떠올린 단어들의 조합을 통해 자신의 취향에 가장 근접한 성격의 모임을 찾아 나가면 된다. 구체적인 그림이 그려지지 않은 상태라도 상관없다. 일단 모임에 나가 사람들을 만나고,

그들이 세우고 있는 계획에 대해 들어보기 바란다. 그 계획에 동참할 수 있는 상황인지 주변 여건을 한번 돌아본 뒤, 결단을 내려라. 일단 결심이 서면 뒤도 돌아보지 말고 그 흐름에 몸을 맡겨라. 길지 않을 것이다. 수년 동안 지속해야 하는 고단한 여정이 아니라 짧게는 한 달 안에, 길게는 3개월 정도에 작은 성과물 하나를 탄생시킬 수 있는 새로운 시도다. 입술은 부르트고 눈은 충혈되고 목이 쉬어 캑캑 소리를 내고 다닐지도 모른다. 주변에서는 이런 종류의 훈계를 들을 수도 있다.

"가정이나 똑바로 돌보시지!"

"일이나 열심히 해. 언제 그렇게 바람이 들었냐?"

"쓸데없는 데다 돈 낭비, 시간 낭비하지 마라."

하지만, 잊지 마라. 이건 프로스트(Robert Lee Frost)의 「가지 않은 길」을 떠올릴 만큼 인생의 근간을 뒤흔드는 선택이 아니다. 평생의 진로를 결정하는 일도 아니며, 죽을 때까지 함께할 반려자를 택하는 일도 아니다. 조금만 덜 심각한 사람이 되길 권한다. 한번쯤 자신을 반짝 빛나게 드러내는 이 시도는 먼 훗날 색 바랜 사진첩 속에서도 홀로 영롱히 그 빛을 간직하고 있는 추억이 될 것이다. 선택은 당신의 몫이다.

생활 속 음악 녹이기 프로젝트

음악이 스며든 날들

The Moment Colored by Music

Nice Afternoon with Music

영화랑 엮어보기
—영화음악? 음악영화?

15년쯤 전, 「배.영.음」에 심취해 자주 밤을 지새웠다. 애청자들은 약칭으로 「배.영.음」이라 했고, 이제 갓 그 매력에 빠지기 시작한 이들은 「배유정의 영화음악」이라 했다. 지금은 동시통역사로, 영화배우로, 방송인으로 더 많이 알려진 배유정 씨가 1996년 당시, MBC 라디오 영화음악 프로그램을 진행했다. 새벽 2시부터 1시간 동안은 침대에 엎드려 소형 라디오를 만지작거리며 듣기평가라도 치르고 있는 것 마냥 집중했다.

배유정 씨는 너무 가늘지도, 심히 투박하지도 않은 맑은 음색을 가졌는데, 차분하게 또박또박 이어지는 발음이 좋았다. 마치 그녀와 잠시 마주 앉아 차 한 잔을 마시며 담소를 나누는 듯한 느낌이 들곤 했다. 아는 영화음악이 나올 때는 이미 감상했던 영화 속 장면들을 되새겼고, 처음 듣는 곡에 호감이 갈 때면 수첩에 영화 제목과 주제곡 제목을 나란히 적어두었다. 사소한 행동 하나도 장기간 반복되면 지식이 되고 경험이 된다더니, 「배.영.음」과 밤을 나눈 지 2년 만에 지인들로부터 '영화음악 좀 아는 애' 소릴 들었다.

그때부터는 수동적 청취자의 위치에서 벗어나 틈틈이 엽서도 보내고 편지도 보내며 나의 이야기를 썼다. 내가 감명 깊게 보았던 영화와 그 주제곡들에 대해, 혹은 줄거리는 잘 기억나지 않지만, 음악이 아름다워 주목했던 영화들에 대해 적어보았다. 작품들이 내 인생에 어떤 크고 작은 영향을 주고 있는지, 앞으로 나의 인생 계획은 무엇인지에 대한 글을 쓰기도 했고, 거꾸로 나와 비슷한 성향의 주인공들이 살아 숨 쉬는 듯한 영화에 대해 논하기도 했다. 차 한 잔 사이에 둔 담소를 상상하다가 정말 프로그램 진행자와 대화를 나누게 된 셈이었다.

배유정 씨는 절제된 음성으로 한 글자 한 글자 힘주어 내 글을 낭독해주었고, 그 글에 대한 느낌을 표현하는 데 이어 청취자에 대한 격려 또한 잊지 않았다. 그렇게 신청곡이 흘러나올 때쯤이면 나는 이미 역사의 현장을 담는 듯한 비장한 얼굴을 하고 카세트 녹음 버튼을 누르며 심호흡을 하곤 했다. 당시 그녀가 하는 일과 비슷한 업종에 종사하고 싶었던 나는 유독 그 꿈에 대해 여러 차례 언급했는데, 그때마다 "반드시 이루세요. 같은 자리에서 만날 수 있는 날이 오기를 기원합니다."라는 진심 어린 덕담을 들을 수 있었다. 긴 시간이 흐르고 결혼해 남편과 두 아이를 둔 평범한 주부가 되었지만, 너무도 또렷하게 기억 속에 남아 있다. 라디오 프로그램 한 편을 매개로 나의 귀가를 스쳐 간 숱한 영화 이야기와 음악들이 살아 숨 쉬고 있다. 이루지 못한 어린 날의 꿈 한 조각과 함께…….

고등학교 입학시험에 응시하던 날 아침, 오래전 그날에 대해 가장 강렬히 기억하고 있는 것은 어려웠던 시험 문제도 아니고, 선득선득 한기가 돌던 교실 공기도 아니다. 특수목적고 시험에 임한다며 응원 선물을 잔뜩 보내준 친구들의 얼굴도 아니고, 시험이 끝난 뒤 먹었던 길거리 떡볶이의 맛도 아니다. 이른 아침 식사 후 아버지 차를 타고 시험 장소에 도착했다. 조금 서둘러 도착한 터라 미리 교실로 들어가지 않고 한 30분 정도 차 안에 앉아 있었는데 아버지가 음악 한 곡을 틀어주셨다. "긴장되지? 눈 감고 시험 잘 보는 상상해. 음악 들으면서……."

그렇게 몇 분간 음악을 듣는데 까닭을 알 수 없는 감동이 밀려오면서 난생처음 '존엄(尊嚴)' 이라는 단어가 생각났다. 아직 시험장에 입실(入室)조차 하지 않은 마당에 (거짓말 같이) 합격을 직감했다. 아버지는 시험 잘 보는 상상을 하라 하셨건만 (정말 거짓말 같이) 갑자기 훗날의 내 인생이 어떤 모습으로 전개될지 대략의 윤곽이 잡히는 기이한 심리 상태를 경험했다. 삼십 대 중반의 나이가 된 지금 돌아보건대, 그날의 묘한 경험 이후 실제로 시험에 합격했고, 예상했던 인생행로도 70% 정도는 일치했던 것 같다.

억지 논리 같지만 그렇게 비밀스럽게 나에게 '운명(運命)' 을 생각하게 하는 음악이 한 곡 생긴 것이다. 영화 「미션(Mission)」에 삽입된 「On Earth As It Is In Heaven」. 최근 '남자의 자격' 합창단 「넬라 판타지아」의 모태가 된 「가브리엘의 오보에」가 더 유명하지만, 같은 선율 다른 느낌으로 작곡된 「On Earth As It Is In Heaven」이 이 영화의 메인 테마곡이다. 보통은 영화 음악을 듣고 좋은 느낌을 받으면 해당 영화를 찾아 꼭 한 번 감상해보는 게 보통이지만 이 음악은 좀 달랐다. 영화를 보고 나면 주제곡에 대해 스스로 부여해둔 강렬한 운명적 이미지가 훼손될까 하는 우려가 있었다. 칸 영화제 그랑프리 수상작이라는 타이틀에 은근히 구미가 당기기도 했지만 난 고집스럽게도 영화 감상을 포기했다. 영화와 무관하게 음악에만 빠져든 경우였다.

또 한 편의 영화와 그 주제 음악 이야기를 해야겠다. 그에 앞서 이 영화음악이 내 인생에 어떤 의미가 있는지 소개해야 할 것 같다. 나는 감동과 재미가 있는 곳이라면 이리저리 부대끼는 수고도 마다하지 않는 편이다. 반면 남편은 사람들이 북적대는 시끌벅적한 곳을 유난히 싫어한다. 결혼 전 우리의 대표적인 연애 장소는 안국동에서 인사동에 걸친 고궁 거리, 동네 근처 구립 도서관, 인적이 다소 드문 교외 식물원 등이었다. 한 시간 동안 말없이 손잡고 고궁 거닐기, 도서관 열람실에서 (역시 말없이) 책을 읽고 공부하다가 근처 식당에서 서로의 충혈된 눈을 응시하며 밥 먹기, 카메라 들고 식물원을 거닐며 (또다시 말없이) 찰칵찰칵 작품사진 만들며 놀기 등이 그 시절 주요 장면이다.

아기자기함이라곤 찾을 수 없는 과묵하고 정적인 이과(理科)출신 경상도 남자의 이미지였건만 막상 단둘이 대화를 나누면 자주 나의 말문이 막히곤 했다. 장르 불문 엄청난 독서량에서 비롯된 어휘력과 촌철살인(寸鐵殺人)식 표현력은 오히려 남편의 매력이 되었고, 그 비범함에 마음을 빼앗기기 시작하자 뚝뚝함도 듬직함으로 재해석되기에 이르렀다. 프러포즈를 받던 순간에도 요즘 각종 드라마에서 청혼 교과서처럼 보여주는 화려함이라든지 요란스러운 호들갑 따위는 없었다.

그날도 우린 도서관에 갔다. 분식집에서 라볶이로 간단히 점심끼니를 때우고 차 안에서 커피 한 잔을 마시고 있을 때였다.

"지영아, 내가 최면 한번 걸어볼까? 나도 그거 할 수 있을 것 같

아. 레드 썬!"

무슨 말인지 이해해보려고 몇 초간 멍한 상태로 있었던 것 같다. 당시 「SBS 100세 건강스페셜」 프로그램에 소개된 최면 전문가 김영국 교수의 마인드컨트롤 방법이 세간에 신선한 충격을 주고 있었다. 김 교수가 손가락을 탁 튕기며 "레드 썬!" 하고 외치는 순간 유명 연예인들이 줄줄이 고개를 푹 떨어뜨리고 최면 상태에 빠져들었다. 통마늘을 초콜릿이라며 건네주자 이내 우걱우걱 씹으며 달콤하다고 하고, 쿠키를 겨자 덩어리라며 입에 넣어주자 땀을 뻘뻘 흘리며 괴로워했다. 깊은 잠에 들라 하면 그대로 코를 골며 곯아떨어졌고, 종이 한 장도 무거운 물건이라며 건네주면 몇 초 견디지 못하고 바닥에 놓아버리는 거짓말 같은 장면이 이어졌다.

남편은 프러포즈를 하려던 순간에 나름 재치를 발휘했던 것이다. 자기의 뜻을 거스를 수 없도록 최면을 걸어보려 한 것이었다. 그 의도를 알아차리고 나니 자꾸만 웃음이 나는데, 남편은 좀처럼 보기 어려운 익살을 두 눈 가득 담고 정말 "레드 썬!"을 외치며 손가락을 튕겼다. 나는 텔레비전 출연자들이 했던 것과 같은 모양으로 고개를 숙이고 눈을 감아주었다. 귓가에 들리던 나지막한 목소리가 지금도 생생하다.

"레드 썬! 지금 이 순간부터 당신은 당신 앞에 앉아 있는 남자를 평생 사랑하게 되고, 그의 아내가 되어 오래오래 행복하게 함께 늙어갈 것입니다. 손가락 튕기는 소리를 들으면 눈을 떠 그 남자를 보게 됩니다. (탁 소리를 내며) 레드 썬!"

눈을 떠 고개를 들자 남편은 오른손 손가락에 반짝이는 금반지 하나를 끼워주고 있었다. 수수하고 꾸밈없는 청혼 앞에 주저 없이 답하던 내 모습이 떠오른다.

"최면 잘 걸렸으니까 결혼해도 되겠어요."

"함께 늙어가고 싶다."는 말보다 더 로맨틱하고 아름다운 프러포즈가 있을까. 두 사람 모두 많이 어리고 때 묻지 않았던 그때도 그랬지만, 지금까지도 내게는 그 말이 가장 멋지다. 남편의 프러포즈는 내 기억 속에서 예쁜 영화 한 편을 다시 빛나게 해주었다. 1998년 개봉작 「웨딩싱어(The Wedding Singer)」. 80년대 미국 인기 팝 음악들이 다수 등장하여 화제가 된 로맨틱 코미디다. 극중에 남자 주인공(아담 샌들러)이 여자 주인공(드루 베리모어)에게 무릎을 꿇고 노래로 청혼한다. 기타를 치며 부르는 그 곡의 가사는

"사랑이 대체 무엇이냐"며 추상적 화두를 던지는 이들에게 들려줄 수 있는 최고의 답인 것 같다.

그대가 슬플 때는 그댈 웃게 하고 싶어요
그대가 관절염으로 고생할 때는 그댈 업고 다니고 싶어요
내가 원하는 건 오직 그대와 함께 늙어가는 것

배가 아플 때 그대에게 약을 주고 싶어요
난로가 고장 났을 때는 불도 지펴주고 싶어요
그대와 함께 늙어갈 수 있다면 정말 좋을 것 같아요

그댈 그리워할 거예요
그대에게 키스도 해줄 거예요
추울 때는 내 코트도 벗어주겠어요
그대가 필요해요

그대를 위해 음식을 준비하고
TV채널 선택권도 그대에게 주겠어요
부엌 설거지도 내가 하겠어요
술에 취해 있을 때는 침대로 데려가서 재워줄래요

바로 내가 그대와 함께 늙어갈 사람이지요

그대와 함께 늙어가고 싶어요

프러포즈 받던 날을 생각할 때마다 기억 속에서 동시에 빛을 발하는 영화다. 풋풋한 사랑의 노래 때문인지 이 영화는 소규모 마니아층을 형성하며 오래오래 사랑받을 만한 토대를 형성했다. 뮤지컬로 각색된 「웨딩싱어」는 영화 개봉 8년 뒤 토니 어워즈에서 작품상, 각본상, 음악상, 안무상, 남우주연상 등 5개 부문 후보로 노미네이트되었고, 우리나라에서도 2009년 가을에 황정민, 박건형 등의 배우들을 필두로 초연 무대에 올랐다. 유려하고 능숙한 사랑 고백이 넘쳐나고 소위 작업의 달인들이 거침없이 판치는 세상이다. 하지만, 그 안에서도 순수함을 그리워하는 소수는 있게 마련이다. 주제 음악에 대한 애정, 개인적인 경험과의 연관성 등을 이유로 영화까지 좋아하게 된 경우였다.

특별한 감흥이 일어나는 주제곡 하나둘로 몇몇 영화들을 기억해보는 것도 좋지만, 단 한 편의 영화가 명곡들로 가득 차 있다면 더 바랄 나위가 없다. 영화를 감상하는 내내 음악의 매력에 깊이 빠져들고 싶다면 주저하지 말고 음악영화를 선택하라. 음악을 주제로 한 영화들은 가상의 스토리만을 배경으로 삼기도 하고, 세상에 실제로 존재했던 유명 음악인들의 삶에 인상적인 픽션을 가미하기도 한다.

숱한 작품들 가운데 나의 눈과 귀를 묶어둔 것은 단연코 베토벤

관련 음악영화였다. 1995년 개봉작 「불멸의 연인(Immortal Beloved)」에서 베토벤은 모든 유산을 '영원한 연인' 앞으로 남겨두고 죽는다. 베토벤의 오랜 친구가 그 '영원한 연인'을 찾아 떠나고 그 여정이 영화가 된다. 나는 영화의 부제를 '진짜 찾기 프로젝트'라 붙이기도 했다. 베토벤의 진짜 연인이 누구인지 밝혀나가는 흥미진진한 이야기 속에 기막히게 아름다운 명곡들이 줄줄이 삽입되었다. 특히 주연배우 게리 올드만은 예민하고 냉소적인 작곡가의 모습을 완벽에 가깝게 표현해냈다. 청력을 잃어가던 베토벤이 「월광」 소나타를 연주하면서 몸을 숙여 피아노에 귀를 대고 그 소리를 듣는 장면이 나온다. 눈물을 자아내는 모습이었다. 그 장면 때문인지 요즘도 가끔 「월광」 소나타를 들을 때면 게리 올드만의 눈빛이 떠오른다. 이 작곡가의 삶을 다룬 또 한 편의 음악영화가 있다. 2007년 개봉작 「카핑 베토벤(Copying Beethoven)」이다.

청력을 거의 상실한 말년의 베토벤이 그 유명한 「합창 교향곡」을 완성할 무렵, 초연 연주용 악보를 쓰기 위해 필사가를 고용한다. 필사가는 허구의 인물이다. 젊고 예쁜 필사가와 표독스런 천재 작곡가 사이의 교감이 영화의 핵심이지만 식상한 연애 사건이 아니라 철저한 음악적 소통을 주제로 한다. 「합창 교향곡」 초연 장면에서, 듣지 못하는 음악가와 멀찍이 마주 선 필사가가 같은 모양으로 손과 팔을 움직여 지휘한다. 그 모습이 명곡의 선율과 절묘하게 어우러진다. 연주가 끝나고 천둥 같은 갈채가 쏟아질 때까지 두 사람의 시선은 서로를 뜨겁게 응시한다. 줄곧 웅장함의 극치로 묘사해오던 「합창 교향곡」이었건만 이 영화 속에서만큼은 좀 다른 느낌이었다. 교향곡 초연 장면은 그 어떤 영화도 따라 할 수 없을 것 같은 몰입과 긴장, 남녀의 격정적 사랑과 전율을 연상케 했다. 익히 알고 있던 음악도 가상의 스토리와 결합할 때 이전과 매우 다른 느낌으로 재해석될 수 있음을 알게 해준 작품이다.

"실존인물 내세운 것 말고 순수 픽션은 뭐 없어?" 하고 묻는 이들이 있다면 주저 없이 추천할 수 있는 음악영화가 한 편 있다. 2007년 가을 개봉작 「어거스트 러쉬(August Rush)」다. 개봉관을 찾기 전, 홍보 포스터 중앙에 큼직하게 새겨져 있던 문구(文句)가 남다르게 다가왔다. '음악은 사랑을 낳고, 사랑은 운명을 부른다.' 첼리스트와 기타리스트가 우연한 만남으로 사랑에 빠져들고 운명적 밤을 보내는 것이 영화의 시작이다. 여자는 아버지의 반대로 이별한 뒤, 임신 사실을 알게 된다. 여자의 아버지는 출산 당일, 사산(死産)된 것처럼 사실을 교묘히 은폐한 채 그 아기를 다른 곳으로 빼돌린다. 그렇게 뿔뿔이 흩어진 남자와 여자와 아기는 서로의 생사조차 모른 채 11년을 산다. 이들이 서로 찾아내는 과정이 영화의 핵심 줄거리다.

그 여정에서 음악은 믿기지 않을 만큼 초자연적인 매개체가 되어준다. 이들을 서로에게 가까이 이끌고 결국 한 자리에서 만나게 한다. 11년 동안 헤어졌던 부부가 극적으로 만나 손을 잡고 무대 위를 바라보는데, 거기에는 두 사람의 사랑으로 태어났던 아기가 열한 살짜리 천재 음악가로 성장해 오케스트라를 지휘하고 있다. 우리나라 정서를 빗대어 생각하면 '가족이니까. 핏줄이 당기니까 필연 그렇게 만나게 된 것이지!' 할 수도 있겠다. 세 사람이 같은 날, 같은 시각, 같은 공연 장소에서 마주치게 되는 장면을 '너무 자위적'이라 표현할 수도 있겠다. 하지만, 예상되는 모든 평을 인정한다손 치더라도 그 애틋한 재회 앞에서는 뜨거운 눈물을 흘릴 수밖에 없다.

미소가 매력적인 아역 배우 프레디 하이모어(천재 꼬마음악가 역)가 전자기타를 눕혀놓고 연주하는 장면이 이 영화의 명장면으로 꼽힌다. 마치 재미있는 장난감을 처음 만난 아이가 그것을 정신없이 가지고 놀 듯 즉흥 연주를 하는데 1~2분 남짓한 짧은 시간 동안 관객들을 무아지경으로 몰고 간다. 전자기타의 매력에 쏙 빠져들게 했던 이 장면의 실제 연주자는 카키 킹(Kaki King)이라는 미국 출신 여자 기타리스트다. 기타 연주곡 감상에 관심이 많거나, 교습을 통해 초보 연주자의 길로 들어서 보고자 하는 이들이라면 이 영화를 꼭 한 번 만나보라고 추천하고 싶다.

여중생 시절 방송반 아나운서 활동을 할 때도 그랬고, 결혼 전 아르바이트 삼아 인터넷 방송국 프로그램 진행을 맡았을 때도 그랬지만, 멘트나 분위기에 어울리는 음악을 선곡하는 일은 커다란 숙제다. 길지 않은 시간 동안 짧지만 강렬한 감동을 주기 위해 이곳 저 곳 찾아보곤 했는데, 그때 정립해두게 된 나만의 명제가 있다.

"주제곡은 실망시키지 않는다."

영화나 애니메이션이어도 좋고, 드라마나 CF라도 좋다. 주제 음악으로 쓰인 곡들은 각고의 노력 끝에 기획자가 선정한 명작들이고, 때로는 그 창작물 하나를 오롯이 빛내주기 위해 새롭게 태어난 신생아들이다. 대부분 기승전결(起承轉結)이 있는 스토리를 바탕으로 하고 있으니, 기쁨과 슬픔, 외로움과 행복 등 인간의 감정을 잘 대변해주는 듯한 선율이 주를 이룬다. 촌스럽지 않고 진중한 구석이 있으며, 가볍게 웃음 짓는 회상의 순간은 돋보이게 하고 아프게 눈물 나는 시름은 살살 달래주는 힘이 있다.

음악 감상에 그다지 큰 흥미를 보이지 않던 몇몇 지인들도 영화음악 작곡계의 거장 엔니오 모리코네(Ennio Morricone)의 명곡을 선별해서 들려주면 달라진다. 금방 그 매력에 취해 게슴츠레한 눈이 되어버리곤 했다. 신기한 것은 저마다 최소 하나씩 그에게만 혹은 그녀에게만 꼭 어울리는 곡이 있다는 사실이다. 그래서 가끔은 아끼는 지인들에게 알약 처방하듯 영화음악을 선물한다. 수백 곡의 데이터 저장이 가능한 CD에 달랑 2~3곡만을 담아주는 것이다. 때로는 의도하지 않게 눈물과 땀으로 질척대는 일상이다. 아름다운 영화음악 몇 곡은 가끔 그 습기를 보송보송하게 말려주는 역할을 했다. 그렇게 나는 음악을 내세운 약장수가 되어 종종 "이 곡 한번 들어봐. 날이면 날마다 들려주는 게 아니야!"를 외치며 작은 CD 한 장 혹은 줄줄이 음악 목록을 적은 종이 한 장을 던진다.

이번 장에서는 독자들에게 음악영화 몇 편의 제목을 쏟아놓고자 한다. 영화 전편이 쓸 만한(?) 곡들로 가득 채워져, 스토리보다 선율에 더욱 깊이 빠져들게 하는 작품들이기에 소개한다. 한 편씩 감상하다 보면 어느새 음악 마니아가 돼 있는 자신을 발견할지도 모른다. 이미 알고 있는 작품이라도 한 번 더 되새겨보길 추천한다. 여러분! 이 작품들 한번 감상해봐!

〈추천할 만한 음악영화〉

제목(제작년도)	제목(제작년도)
엘비라 마디간(1967)	아마데우스(1984)
시스터 액트 1(1992)	시스터 액트 2(1993)
불멸의 연인(1994)	파리넬리(1994)
브레스드 오프(1996)	샤인(1996)
밴디트(1997)	레드 바이올린(1998)
웨딩 싱어(1998)	코요테 어글리(2000)
어둠 속의 댄서(2000)	빌리 엘리어트(2000)
물랑 루즈(2001)	헤드윅(2001)
피아니스트(2003)	이프 온리(2004)
렌트(2005)	원스(2006)
카핑 베토벤(2006)	호로비츠를 위하여(2006)
드림걸즈(2006)	라디오 스타(2006)
어거스트 러쉬(2007)	라비앙 로즈(La Vie en Rose, 2007)
즐거운 인생(2007)	고고 70(2008)
과속스캔들(2008)	맘마미아!(2008)
하모니(2009)	나인(2009)

6악장

상상의 날개를 펴다 —음악 속 메시지 찾아보기

두 아이를 키우느라 여념이 없는 요즘, 취침 시간이 되어 자리에 누우면 (심한 경우) 1초 안에 숙면 모드로 돌입하는 것 같다. 그 탓에 옆에 누운 딸아이만 이러쿵저러쿵 이야기를 쏟아놓다가 엄마의 갑작스러운 묵묵부답을 경험한다. 남편은 가끔 믿기지 않을 만큼 빨리 넋이 나가버리는 내 모습에 놀라 몸에 이상이 생긴 게 아니냐며 다그치곤 한다. 이처럼 깊은 잠에 빠져드니 달콤한 꿈 한번 꿀 겨를 없이 날이 밝는다. 하지만, 나 역시 잠 못 드는 밤에 이골이 나서 이것저것 시도해보던 때가 있다.

대학 졸업반 시절, 지금처럼 청년실업이 사회의 골칫거리로 굳어져버리기 전, 그 징후가 어슴푸레하게 나타나고 있었던 것 같다. 당시 나는 이른바 '언론 고시반' 으로 통하던 교내 취업 준비반에 들어갔다. 매일 아침, 아홉 종류의 일간 신문을 펼쳐 읽으며 밑줄을 긋고 있었다. 그날그날의 중요 키워드와 핵심 내용, 일반 상식 시험에 나올 법한 내용을 가려내 구성원들과 공유할 일일 종합 자료를 만들어냈다. 강의가 없는 시간, 밥 먹는 시간을 쪼개어가며 유인물을 만들고 발표 준비를 했는데, 틈틈이 언론사 입사용 자기소개서와 이력서까지 작성해보고 실제로 지원해보는 일과가 이어졌다. 20대의 꿈은 산처럼 크건만 실력은 턱없이 부족해 보였으며, 미래는 불확실했고 시간은 자꾸만 흘러갔다. 그 안정되지 않은 심리 상태를 반영하듯 고단한 일상에도 숙면을 취하지 못하는 일이 다반사였다. 2~3시간의 선잠 끝에 다시 등교 시간을 맞이하곤 했다. 스스로 준(準)불면증 환자로 인식하게 될 무렵, '이게 우울증인가?' 싶게 기분이 이상해지기 일쑤였다. 창백해진 얼굴에 경악하신 부모님은 각종 건강식품과 종합 비타민을 건네셨다.

그 시절의 어느 저녁, 학교를 빠져나와 지하철역으로 향하는데, 물방울이 또르르 구르는 듯한 맑은 음색의 피아노곡 하나가 귀에 들어왔다. 한순간 길고 깊은 잠에 빠져들 것만 같은 고요함과 편안함, 따뜻한 행복감이 밀려왔던 것 같다. 소리가 들리는 쪽으로 걸음을 옮겨 음반 판매점 문을 열었다. 다짜고짜 "지금 이 음악이요. 무슨 곡이죠? 누구 음반이에요? 언제 나온 거예요?" 묻자, 주인이 CD 한 장을 건네주었다. 앙드레 가뇽(Andre Gagnon)의 음반 모놀로그(Monologue). 프랑스 출신 뉴에이지 피아니스트이고, 해당 음반을 통해 그의 음악이 국내에 처음 소개된 것이라 했다. 듣고 있는 곡은 「조용한 날들(Les Jours Tranquilles)」이라는 자상한 설명도 잊지 않았다.

"주세요!"

긴 해설 끝에 무미하고 짤막한 대답이 이어지는 게 우스웠던지 주인은 찡긋거리듯 미소를 지으며 계산대로 걸어갔던 것 같다.

"듣기 좋으셨나 봐요. 이 곡 말고 음반에 있는 다른 곡들도 괜찮은 편이고요. 제목이랑 다 잘 어울려요."

계산을 마치고 걸어 나와 다시 역으로 향하는데 음반 판매점 주인의 말이 머릿속에 다시 맴돌고 있었다.

"제목이랑 다 잘 어울려요."

음반을 홍보하는 숱한 말 중에 곡이 제목이랑 잘 어울려서 좋다는 표현은 상당히 생소한 것이었다. 사실 내가 처음 발견했던 「조용한 날들」의 첫인상 역시 나를 길고 깊은 잠으로 이끌어주는 듯 고요하고 따뜻한 그 무엇이었기에 제목이 주는 느낌에 대해 부인할 수도 없었다. 그렇게 집으로 돌아와 침대에 누울 무렵, 작은 스탠드 불빛 하나만 밝혀두고 CD를 재생시켰다. 한 곡 한 곡 넘어갈 때마다 암기해야 할 학습 자료라도 되는 양 CD 케이스를 들어 제목을 확인하고 눈을 감았다. 모든 곡이 제목과 놀라울 만큼 잘 어울렸고, 그 제목이 왜 지어졌을까 생각하는 동안 아마추어 작가적 본능이 벌떡 일어나 스토리를 만들어내고 있었다.

「조용한 날들」의 경우, 30년이 넘게 교직에 종사하다 은퇴하여 자기만의 시간을 보내고 있는 60대 여자의 하루를 그려냈다. 학생들과 함께 거닐던 추억의 장소들과 젊은 시절 자신이 좋아했던 곳을 찾아다니며 조용히 그날들을 회상하는 것이다. 그 누구와도 공유할 필요 없는 추억 속을 뒤적이며, 이제는 고요히 가라앉고 안정된 삶을 다시 생각해보는 명상의 시간을 만끽하고 있는 것이다. 여자의 입가에는 엷은 미소가 번져 있고 이따금 눈가가 촉촉이 젖어든다. 감사와 행복이 느껴진다. 나의 상상 속에 창조된 생명체가 웃고 울고 걸어 다녔다. 상상 이야기가 펼쳐지는 동안 마음은 정화되는 듯했고 슬그머니 졸음이 밀려왔다. 남들 잠드는 수준은 아니었지만, 그렇게 여러 곡을 듣는 사이 다른 그 어느 날보다 편안하게 숙면에 빠져들었던 것 같다. 그날 이후, 고마운 CD 한 장을 보물처럼 매만지며 자연스럽게 준(準)불면증에서 빠져나오게 되었다.

나이가 들어 결혼하고 임신을 하면서 태교의 한 방법으로 명상 훈련 과정에 참여했다. 다시 생각해보면, 당시 '행복한 상상'을 하라는 의사 선생님들의 조언을 어렵지 않게 실천하고 출산 당일 큰 무리 없이 첫아이를 낳게 된 바탕에 앙드레 가뇽의 음악이 있었던 셈이다. 곡의 제목을 보고 그것이 별다른 의미를 지니지 못한다고 생각할 때와는 달라져 있었다. 관심을 기울이지 않을 때와는 비교도 할 수 없는 '감상의 혁명'이 일어났던 것이다. 작곡자 혹은 음반 제작자가 특정한 선율에 하나의 이름을 달아주기까지 어떤 그림을 그렸던 것일까 생각해봤다. 그것을 시작으로 나만의 짤막한 스토리를 부여하고 생기를 불어넣고 주인공들을 움직이게 하였다.

어느 날 우연히 시작하게 된 행동이 놀이처럼, 습관처럼 몸에 익숙해진 뒤 깨닫고 보니, 제목과 음악이 잘 어우러지는 것은 내가 만났던 음반에만 국한되는 게 아니었다. 맞춤식 사고 때문인지는 몰라도 대부분 음악들이 제목과 어울리는 소리를 뿜어내고 있었다. 심사숙고 끝에 지어진 것이든, 순간의 느낌에 의존해서 즉흥적으로 지어진 것이든 제목은 선율과 신기하게 한 조(組)가 되어 움직이고 있다.

제목을 토대로 나만의 스토리를 구성해보기에는 역시 뉴에이지나 클래식 등 가사가 없는 장르가 좋았다. 대중가요나 외국 팝송의 경우에도 Instrument라는 이름을 달고 다니는 파일을 찾아 가사 없이 그 선율만을 즐길 경우, 스토리 구성에 적합했다. 가요의 가사는 화자에게 왜 헤어짐이 있었는지, 왜 가슴이 뛰고 눈물이 나는지 어느 정도의 자초지종(自初至終)을 설명해주고 있기 때문에 상상의 폭이 좁은 편이다. 그렇게 눈을 감고 선율과 리듬에만 의지해 장면을 구성해가는 동안, 지극히 추상적인 느낌의 제목을 가진 곡들에 대해서도 나만의 해석을 부여하게 되었다.

일본 피아니스트 유키 구라모토(Yuki Kuramoto)의 「Meditation」이라는 곡은 그 제목이 '묵상, 명상' 등의 의미로 번역되는데, 이런 제목이야말로 추상적이면서도 어떤 스토리를 갖다 연결하더라도 다 말이 되는 경우다. 「Meditation」은 꾸밈음 하나 없는 청아한 음색의 피아노 연주에 기도나 고해성사를 하는 듯 차분하고 경건한 느낌의 선율이 일품인 곡이다. 딸아이를 임신하고 임신 20주차에 접어들 무렵, 유키 구라모토가 내한했다. 서초구 우면동 예술의 전당 콘서트 현장을 찾아 그의 손으로 직접 연주하는 「Meditation」을 듣는데, 첫 태동이 있었다. 다른 많은 곡이 흘러나올 때는 특별한 반응이 없다가 정확히 그 곡이 시작되어 끝을 맺는 순간까지 규칙적으로 미세한 떨림과 움직임이 있었다. 난생 처음 나의 몸으로 느끼는 생명의 존재감과 함께 아름다운 피아노곡 선율에 도취하니 충만한 행복으로 눈물이 흘렀다.

이후 「Meditation」에 부여된 스토리는 '엄마와 아기의 산전조우(産前遭遇)' 라는 주제로 전개되었다 내가 느끼는 재미와 즐거움, 고단함과 지루함 등을 그대로 느끼는 태아가 「Meditation」이라는 곡을 들을 때마다 나에게 말을 걸어오고 내가 거기에 답을 하는 이야기를 상상했다. 혹자들에게는 전형적 태교 음악 감상과 다를 바 없는 일화가 되겠지만, 그 교감 스토리가 현실에 반영된 것인지는 모르겠다. 딸아이가 말문을 여는 시기부터 지금껏 우리 모녀는 거의 모든 이야기를 매우 구체적으로, 유난히 다정스럽게 나누는 편이다. 이러한 긍정 역시 주관적 자부심에 근거한 것일지 모르지만, 음악에 대한 친근함이나 만족감이 나만의 스토리와 맥을 같이할 때 더 오래오래 의미를 갖는다는 것은 부인할 수 없다.

클래식 음악 가운데 곡명을 토대로 스토리를 전개해본 작품은 리스트(Franz Liszt)의 「피아노를 위한 녹턴 3번 A장조」로, 우리에게는 「사랑의 꿈」이라는 이름으로 더 익숙한 곡이다. 이 곡을 감상하며 상상을 해보게 된 계기가 있다. 대학을 갓 졸업했을 무렵, 일요일마다 빠지지 않고 교회로 향하던 친구가 '배우자를 위한 기도' 를 해보라며 장문의 전자우편을 보내주었다. 어떠한 배우자를 만나고 싶은지 바라는 바를 최대한 구체적으로 적어보라는 것이었다. 원하는 신장과 체중, 원하는 얼굴 스타일, 성격, 집안, 전공 분야, 직업, 선호하는 취미생활, 인생관에 이르기까지 어떤 사람을 찾고 있는지 적어두고 그러한 짝을 만나게 해달라고 진심으로 기도하라는 것이었다. 그렇게 하면 주님이 그 바람을 깊이 헤아리셔서 나의 상황과 여건에 맞는 상대를 골라주시고 믿음을 통해 맺어질 수 있도록 보살펴주신다는 이야기였다. 알라딘 램프를 문질러 보자는 것도 아니고, 신체적 특징까지 구체적으로 이야기하는 것 자체가 지극히 속되게 느껴졌기에 그 제안에 별다른 대꾸를 하지는 않았다. 바라는 바를 간절히 기원하면 언젠가 이뤄진다는 맥락으로 대화를 나눠본 일은 많았지만, 당시 나에게 기독교 신앙을 매개로 남편감을 고른다는 사실은 희극에 불과했다.

리스트의 음악을 들었던 날도 엄마와 친구의 이야기를 하며 진정성 있는 신앙생활과 기도의 효과(?) 등에 대해 한바탕 수다를 떨었다. 방으로 들어가 잠을 청하기 전, CD 장식장을 열어 〈한국인이 좋아하는 클래식 베스트 20〉 스타일의 이름을 가진 음반 하나를 꺼내 들었던 것 같다. 습관처럼 잠들기 좋은 곡을 하나 골라 오디오 설정을 반복재생 모드로 바꾸고 자리에 누웠다. 그때 선택한 곡이 「사랑의 꿈」이었다. 자리에 누워 '사랑의 꿈, 사랑에 대한 꿈? 사랑을 나누는 꿈! 사랑하는 사람에 대한 꿈?' 하며 속으로 음악 제목을 주절주절 되뇌었고 이 생각 저 생각에 의식을 내맡겼는데 우습게도 배우자에 대한 상상을 시작하고 있었다. 흉보듯 깔깔 웃어대며 수다 주제로 삼았던 친구의 권고 사항을 어느새 조목조목 실천하고 있었던 것이다. 그것도 아주 충실하게 형식을 지켜가면서…….

기쁘거나 웃길 때 꾸미지 않고 아이처럼 까르르 웃을 수 있는 남자, 만능 스포츠맨은 아니더라도 운동으로 컨디션을 관리할 수 있는 부지런한 남자, 책임감 있는 남자, (내가 수학을 못해 고생하였으니) 이과(理科) 과목 이해 및 응용에 소질이 있는 남자, 편식하지 않는 남자, 나처럼 음악을 즐겨 듣는 남자……. 우연히 고른 「사랑의 꿈」을 들으며 훗날 내가 만나 사랑을 나누고 가정을 이루면 좋을 것 같은 배우자상을 꿈꾸고 있었으니 신기하게도 제목과 맞아떨어진 셈이었다. (믿거나 말거나) 그렇게 생각을 이어가다 잠이 들었던 것 같은데 정말 꿈에서 누군가와 이미 살림을 차리고 깨가 쏟아지는 신혼생활을 만끽하고 있는 내 모습을 봤다. 물론 상대의 모습은 제대로 기억조차 나지 않는다. 어림짐작한다 해도 지금의 남편과는 사뭇 다른 분위기였던 것 같다. 솔직히 그 꿈은 순진했던 나에게 심히 달콤한 장면으로 가득했다. 이튿날도, 또 그 이튿날도 같은 음악을 틀어두고 같은 상상을 하며 자리에 누웠건만 안타깝게도 다시 유사한 꿈을 꾸게 된다거나 하는 일은 없었다. 신혼 생활을 꿈으로 본 것은 그때가 처음이자 마지막이었다. 이후 「사랑의 꿈」을 들으면 꿈에서 사랑을 나눈다며 초등학생 같은 표정으로 놀라운 마음을 털어놓으면 가족, 친구들 따질 것 없이 놀려댔다.

"깃나 붙이는 게 네 취미인 술은 알지만, 이번엔 좀 심했다."

아무튼, 누구에게도 인정받지 못했던 내 하룻밤 꿈과 명곡 「사랑의 꿈」의 상관관계는 지금까지도 나 자신에게만 특이한 이야깃거리로 남아 있다.

초등학교 시절, 동시를 짓거나 짤막한 이야기를 글로 써두고 제목을 하나 지을 때마다 아버지가 말씀하셨다.

"제목은 첫인상이야. 사람들이 너를 떠올리거나 불러줄 때 제일 먼저 인식하는 것도 네 이름이잖아."

중학교 때 교지(校誌) 편집부원으로 활동할 때도 국어 선생님께서는 이렇게 조언해주셨다.

"제목이 반(半) 이상 좌우한다. 제목이 안 끌리면 사람들은 네 글을 읽지 않고 다음 장으로 넘겨버리게 될지도 모른다."

한 편의 문학작품을 지어내든 한 곡의 아름다운 음악을 엮어내든 그것을 누리는 사람들이 제일 먼저 그 창작물과 만나게 되는 출입문 문패에는 제목이 붙어 있다. 어릴 적 작문에 관심을 두며 배우게 된 법칙이 음악에도 적용될 수 있다고 생각하자 뭇 작곡가들이 얼마나 신경 써서 자신들의 작품에 이름을 붙이는지, 또 얼마나 그 이름을 중요하게 여길지 조금은 가늠할 수 있었다. 내가 제목을 바탕으로 스토리를 꾸며내고 상상의 날개를 퍼덕거리기에 앞서 그 신성한 작업이 이뤄졌을 것이다. 멀게는 수백 년 전, 가깝게는 수년 전 음악인들이 작곡 과정의 첫 단계, 혹은 마무리 단계로 다채로운 이야기에 근거해서 이름을 만들었을지 모른다. 그냥 지어진 것이 아니라 그들의 삶과 사랑, 성취, 아픔, 그 모든 희로애락(喜怒哀樂)을 담고 태어난 최적의 이름일 수 있다. 직접 만나보기도 어렵고, 이미 이 세상 사람이 아닌 작곡자들에게 어떤 경험을 바탕으로 작명(作名)한 것이냐 물어볼 수도 없다. 단지 또 한 번 상상력을 발휘해 아름다운 선율들이 어떻게 자기만의 이름을 갖게 된 것인지 작곡자 입장에서 스토리를 전개해 볼 뿐 나만의 고유한 이야기를 전개하거나 작곡자의 삶을 상상하거나 상관은 없다.

이번 장에서 제시한 방법으로 음악을 감상할 때 당신은 그 이름을 모티프로 수백, 수천 가지 이야기를 이끌어낼 수 있는 소설가가 될 것이고 프로듀서가 될 것이고 무대감독이 될 것이다. 제목이 평범하지 않은 연주곡 목록을 만들어봤다. 평범한가 평범하지 않은가 역시 나의 주관적인 판단에서 비롯된 것이다. "제목 보니까 딱! 배경이 그려지네, 뭘!" 하는 독자들에게는 드릴 말씀이 없다. 왜 이런 이름을 달고 세상에 나와 있을까 자못 궁금해지는 순간, 음악파일을 찾아서 재생시키고 눈을 감아보기 바란다. 가사 한 줄 없고, 곡에 대한 해설 역시 없다. 찾아보지 말고 상상을 해보자. 아리따운 소녀 한 명도 등장시키고 멋스러운 미소년도 한 명 등장시켜라. 선율과 함께 움직이는 그들의 모습을 향해 신이 나게 외쳐보자. 레디, 액션!

〈제목으로 상상해보세요! 음악 속 숨겨진 이야기〉

아티스트 – 곡명
김광민 – 「보내지 못한 편지」
김광민 – 「내 마음에 비가…」
두 번째 달 – 「잊혀지지 않습니다」
두 번째 달 – 「엘리스는 더 이상 여기에 살지 않는다」
양방언 – 「시인들의 그림」
이루마 – 「너의 마음속엔 강이 흐른다」
이루마 – 「슬픔, 물 위에 잠들다」
이루마 – 「잊혀지는... 잊혀질 시간들」
바이 준(By Jun) – 「그리고 그렇게 어느 날」
바이 준 – 「만나러 가는 길」
정재형 – 「바람에 이는 나뭇가지」
피아노 포엠 – 「눈물로 섬을 만들어 띄우다」
김광현 – 「꽃이 진다고 그대를 잊은 적 없다」
김광현 – 「내 마음에 단비가 내려」
온새미로 – 「크리스마스트리에 불이 켜지면」
온새미로 – 「어느 쓸쓸한 가을날의 기다림」
S.E.N.S – 「그때 당신 그대로」
S.E.N.S – 「사람과 시간과 바람 속으로」
Pat Matheny – 「Last Train Home」
Pudding – 「If I Could Meet Again」(다시 만날 수 있다면)
Andre Gagnon – 「Pour Ma Soeur En Allee」(죽은 누이를 위하여)
Andre Gagnon – 「Comme Au Premier Jour」(첫날처럼)
Secret Garden – 「Song From a Secret Garden」(비밀정원의 노래)
Yuriko Nakamura – 「엄마의 피아노」
Yuriko Nakamura – 「당신이 미소짓는 날」
Day Dream – 「손가락 사이로 스치는 바람」
Day Dream – 「그리운 너를 보낸 오후」

7악장

피아노 갖고 놀기
—디지털 피아노 즐기기

친구들은 귀밑 2센티미터 단발머리의 끝 부분을 동글동글 안으로 들어가게 하였다가 바깥으로 뻗치게 하여 복고풍 스타일을 만들곤 했다. 앞머리를 길게 잘라 드라이를 하고 이마 위로 구름다리라도 놓은 듯 풍성하게 바람을 넣고 다녔다. 교복치마는 하루에도 몇 차례씩 두어 단 정도 접혀 올라가 정강이가 훤히 드러나는 미니스커트로 변모했다. 그렇게 사춘기 소녀들은 1990년대 초, 방송 프로그램을 통해 유행하던 최진실, 강수지, 하수빈 머리 스타일을 열심히 따라 해보다가 생활지도 선생님의 따끔한 충고를 듣고 다시 수수한 여중생 모습으로 돌아오곤 했다. 당시 유행 좇기와 단정함 유지라는 숙제 사이에서 번민하던 친구들과 달리, 나는 매우 평범한(어른들이 좋아서 어쩔 줄 모르시는) 스타일을 고수하고 있었다. 귀밑 1센티미터 단발머리에 앞머리는 아예 자르지도 않고 짙은 갈색 머리띠로 이마를 훤히 밀어 올려 잔머리 한 가닥 내려오지 않게 하고 다녔다.

치마도 무릎 밑으로 2센티미터 이상 내려오는 길이를 유지하고 걸음걸이에서는 얌전함이 뚝뚝 떨어지도록 신경을 썼다. 당연히 별명들이 생겨났다. '월남치마', '조선 시대 여자', '서울 촌닭', '한복쟁이'는 그나마 듣기에 거북스럽지 않은 것들이었다. 반장을 맡고 있었던 데다 선생님들 입에서 "저런 친구를 본받을 순 없는 거니?" 하는 식의 비교 멘트라도 쏟아지는 날이면 나보다 머리 하나는 더 큰 덩치 좋은 친구들에게 복도 저 끝으로 조용히 불려 가 "조심하는 게 좋을 거야"라는 살 떨리는 충고를 듣곤 했다.

외모를 가꾸고 치장하는 데 도통 관심이 없던 사춘기 시절의 성향은 성인이 되어서도 그대로 이어졌다. 딴에는 방송인이 되어보겠다고 아나운서 아카데미를 다니고 수차례 카메라 테스트를 받느라 미용실을 애용해보기도 했지만, 그 세계에 대한 짧고 굵직한 동경과 관심이 일단락된 뒤에는 타고난 천성을 어찌할 수 없었다. 20대 때부터 10년이 넘도록 단정하게 하나로 묶어 올린 머리 스타일을 고수하며 매니큐어 한번 바르지 않고 그 흔한 장신구 욕심 한번 부리지 않은 채 살아왔다. 남편은 가끔 말했다.

"예전이나 지금이나 너의 검소함이 참 대견스럽지만, 간혹 네가 억지로 참는 건 아닌지 의심되기도 한다."

그리고 가끔 스왈로프스키인지 슬로바키아인지 이름도 외우기 어려운 브랜드의 목걸이들을 가져다주곤 했다. 그런 날이면 나는

'대한민국 아줌마'의 역사적 사명감을 안고 입을 열었다. 해당 장신구 구매 금액으로 대형 마트에서 장을 볼 수 있는 횟수 및 딸아이가 가질 수 있는 신간 동화책의 종류, 건강관리를 위해 구매할 수 있는 종합비타민의 포장 단위 등에 대해 심도 있는 토론의 장을 열곤 했다. 대화는 "내가 너한테 다시는 이런 선물 해주나 봐라." 라든가 "어쩌다 신경을 써줘도 보람이 없다." 등의 질책과 후회로 마무리되곤 했다. 그러나 수수함은 어디까지나 외형을 꾸미는 욕심이 없는 데서 기인한 것일 뿐, 섣부른 판단은 금물이었다. 근대 과학의 아버지 라부아지에 박사가 제시했다는 '질량 보존의 법칙'은 나에게 와서 '욕구 보존의 법칙'으로 재탄생한 것 같았다. 소녀시절 수수함을 유지하며 학업과 바른 생활 전념에 골몰하던 나의 모든 에너지는 음악과 작문, 예술작품 등 취미생활을 누리기 위한 구체적인 관심과 실천으로 거침없이 이어졌다.

평소 "뭐 갖고 싶은 거 없어?"라는 질문에 "별로 없어요."라는 대답을 녹음기 재생시키듯 해오던 나였기에, 결혼 4주년 기념일을 한 달여 앞둔 그날 서녁에도 남편은 별다른 마음의 준비 없이 그 질문을 하고 말았다. 대한민국 기혼여성의 귀머거리 · 벙어리식 몸가짐 2종 세트를 만 3년간 잘 이어온 나는 슬금슬금 본색을 드러내고 있던 터였다.

"네, 갖고 싶은 게 있어요. 디지털 피아노. 일본에서 만든 건데 브랜드는 야마하(Yamaha)고, 모델명은 클라비노바(Clavinova)에요. 제품 번호는 따로 적어둔 게 있으니까 나중에 알려 드리면 돼요. 전에 친구랑 홍보용 전시장 가서 디카로 찍어둔 사진 파일도 있어요."

남편은 적잖이 놀란 눈으로 힐뜩 쳐다보고는 "그러지, 뭐." 대답을 했고, 그해 결혼기념일, 나는 회심의 미소를 지으며 웬만한 명품 장신구 대여섯 가지와 맞바꾸기에 충분한 디지털 피아노의 소유주가 되었다. 본래 여섯 살 꼬마 시절부터 20년이 넘게 보물처럼 여기던 업라이트형 어쿠스틱 피아노가 있었다. 하루가 멀다 하고 연주해대던 피아노였건만, 결혼하면서 친정집보다 좁은 평수의 신혼집으로 들어와 살게 되고 몇 해가 지나니 손가락 움직임조차 시원치 않은 상태가 되어버렸다. 재질이 좋고 모양도 예쁜 편이니 더 낡기 전에 처분하는 게 어떻겠느냐는 부모님의 권유를 받들어 손때 묻은 보물 1호를 중고(中古) 시장에 내다 팔았다. '내가 피아노를 팔아버리다니!' 드러내지 못한 채 혼자만의 충격 속에서 마음을 추스르던 나는 수차례 "얼마에 넘겼는지 내게 말하지 말라."는 당부를 했는데, 나중에 듣기로는 부모님 예상대로 퍽 만족스러운 값에 판매되었다고 한다.

그때부터 틈틈이, 휑하니 비어 있는 보물 1호의 자리를 보다 확실히 채우기 위해 정보를 검색하고 꼼꼼히 계획을 세워보곤 했다. 마침 결혼 4주년을 앞둔 그 시점, 우리 부부는 다른 커플들의 내 집 마련 시기와 비교해 상당히 앞서서 자택을 소유하게 된 터였다. 새 거처로의 입주 시점에 맞춰 어디에 어떤 가구를 들여놓느냐 하는 문제로 여러 차례 생각을 나눴는데, 그때 거실 한구석에 디지털 피아노의 자리를 확보하게 된 셈이었다. 피아노가 우리 집에 들어오던 날부터 나는 믿기지 않는 기쁨으로 밤낮을 가리지 않고 연주를 해댔다. 다행히 디지털 피아노는 이어폰을 꽂으면 바깥으로 전혀 소리가 나지 않기 때문에 새벽 2~3시가 되어서도 눈치 볼 것 없이 마음껏 연주할 수 있었다. 그렇게 피아노와 나의 두 번째 인연이 시작되었고, 음악에 대한 관심과 사랑이 날로 두터워지는 계기가 마련되었다.

음악 애호가임을 자처하는 몇몇 지인들은 고가(高價)의 디지털 피아노를 구매했다는 소식을 듣자 전문가들이나 이해할법한 단어들을 쏟아내며 질문을 던져왔다. 악기 디자인의 수준, 녹음 세부 기능, 기본 내장 음악파일의 종류와 수, 내장된 악기 소리의 수, 건반 터치감과 샘플링 음원들의 음색 수준 등에 대해 특정 수치와 꼬부랑 외국어를 섞어가며 이야기했고, 친절하게도(?) 다른 브랜드의 디지털 피아노 제품 사양과 꼼꼼히 비교까지 해주는 것이었다. 기대 이상의 유식(有識)함 앞에서는 할 말을 잃곤 하는지라 내 보물 1호에 대한 다채로운 관심에도 대답은 간단했다.

"예쁘고 소리 좋고 녹음 잘 돼요."

실제로 피아노 안에 내장되어 있는 음악들은 빨래를 개키거나 저녁 식사를 준비할 때, 아이를 업어 재울 때나 거실에 식구들이 모여 앉았을 때 조용히 배경으로 깔아두기에 적합했다. 그처럼 실수 한 번 없이 예쁘게 연주된 음악파일들이 내장된 것은 디지털 피아노의 특징을 잘 모르던 내게 보너스와 같은 것이었다. 다만, 피아노를 오래 배우고 연주해본 경험상 건반 터치감에 대해서는 아는 척을 조금 할 수 있었다. 아는 척이라고 해봐야 "어쿠스틱 피아노가 가진 묵직한 터치감은 없지만 괜찮아요. 너무 가벼워서 칠 맛이 안 난다거나 하는 정도는 아니네요." 수준의 발언이었지만 말이다. 역시 나에게 이 보물 1호 피아노는 '가지고 싶었던' 물건이지 '남들에게 으스대며 장황한 설명을 늘어놓고 싶었던' 무엇은 아니었던 것 같다.

피아노를 치기 좋아하고 레슨을 통해 초보자 대열에 들어섰으나 기계 다루는 쪽에는 문외한인 경우가 적지 않다. 나 역시 생소한 전기 · 전자 분야 약어(略語)나 복잡한 기호들을 보면 몇 분 내로 사용설명서를 덮어버리는 부류에 속한다. 기계의 체계를 잘 이해하고 있다면 더 바랄 나위가 없겠지만 고도의 지식이나 기계 조작 능력을 갖출 필요는 없다. 디지털 피아노를 사용할 때는 악기 명칭 몇 가지, 녹음 및 재생버튼 조작법, 헤드폰 연결법 정도만 알고 있어도 충분하다. 단, 해외 제조사가 만든 피아노인 경우 악기 명칭이 모두 영문으로 표기되어 있을 가능성이 크니 이 점만 숙지하면 되겠다.

처음 피아노를 구매하면 악기 명칭이 줄줄이 적혀 있는 버튼을 차례대로 눌러가며 다양한 소리를 듣는 재미에 빠지는 것이 보통이다. 누르는 건반들은 분명히 피아노에 붙어 있는데 바이올린, 기타, 비브라폰, 하프시코드, 전자오르간, 혼성 합창음 등에 이르는 다채로운 소리가 쏟아지니 말이다. 하지만, 그 재미와 신기함이 그리 오래가지는 않는다. 몇 차례 연주하다 보면 즐겨듣는 악기 소리도 두세 가지 정도로 압축되고 사용하는 기능 버튼도 최소한으로 줄어든다. 디지털 피아노를 선택함에 있어 수십 가지 악기 소리를 내장하고 있어야 한다거나 첨단 기술을 적용한 고급 기능이 많아야 한다는 편견은 금방 사라진다.

나의 경우 디지털 피아노를 선택한 이유가 상당히 명확했다. 개인 취미생활을 조금 멋스럽게 해보자는 취지도 있었지만, 무엇보다 어린 딸아이에게 음악에 대한 호기심과 흥미를 심어주고 싶었다. 일곱 살 때부터 훌륭한 놀잇감이자 친구이자 음악공부 도구였던 피아노가 곁에 있었기에 나의 성장기는 예상했던 것보다 훨씬 긍정적으로 전개된 것이 아닌가 생각한다. 여러 가지 소리를 만들어내는 디지털 피아노 따위는 아예 논외로 치던 시절이었지만 '내 악기' 를 가지고 있다는 자부심은 어쿠스틱 피아노만으로도 활활 타올랐다.

거실 한 켠, 대낮에도 너무 눈부시지 않은 햇빛이 자연스럽게 내려앉는 곳에 디지털 피아노를 두었고 우리 모녀의 밤낮 가리지 않는 음악사랑은 그렇게 시작되었다. 나는 그랜드 피아노 음과 우드 베이스 소리를 좋아하게 되었고 딸아이는 애교 많은 성격에 잘 어울리는 비브라폰 소리를 좋아하게 되었다. 평소 피아노로만 연주하고 피아노로 연주된 곡만 감상해 온 베토벤의 「월광」이나 「비창」 소나타들을 기타 모드로 설정하여 연주해봤고 딸아이가 즐겨듣는 동요들은 모조리 비브라폰으로 연주해주며 함께 노래를 불렀다. 건반 악기로 현악기 음을 흉내 낸다는 사실 자체에 적잖이 콧방귀를 뀌던 남편도 파가니니의 음악을 스트링 모드로 연주할 때면 슬그머니 서재에서 거실로 나와 자리를 잡고 청중이 되어주었다.

동시에 두 가지 악기 소리가 나도록 설정할 수 있다는 사실을 우연히 알게 된 다음부터는 연주에도 혁명이 일어났다. 사용자 매뉴얼을 유심히 읽기 싫어하는 기계 바보인지라 뒤늦게 복합음 선택

기능을 알게 된 것이었다. 그랜드 피아노와 스트링 모드를 동시에 선택하니 자연스럽게 피아노와 바이올린 2중주곡이 되었고 전자 오르간에 하프시코드를 더해 성가(聖歌)를 연주하니 교회나 성당으로 순간 이동을 한 듯했다. 딸아이가 좋아하는 동요들도 비브라폰에 우드베이스를 더해 연주해보니 둥둥거리는 리듬감이 두드러져 경쾌한 느낌이 배가되었다. 복합음 선택 기능에 녹음 기능까지 사용하게 되니 프로듀서가 따로 없었다. 녹음을 통해 최대 4개 소리를 묶을 수 있었다. 먼저 두 악기의 복합음을 골라 1차 녹음을 하고 거기에 덮어서 다른 두 악기의 복합음으로 2차 녹음을 하는 식이었는데, 이렇게 하면 동시에 4개 악기로 연주되는 노래를 시스템에 저장해둘 수 있었다. 마음 같아서는 남편과 아이가 좋아하는 곡들을 닥치는 대로 연주해서 녹음해두고 식사 때나 거실 티타임 때 줄줄이 틀어두고 싶었다. 아쉽게도 최대 저장 용량이 세 곡으로 한정되어 있었기 때문에 며칠 간격으로 제일 먼저 녹음한 곡을 삭제하고 새 노래를 저장하는 식으로 다양화를 추구했다.

녹음 기능 사용이 숙달되니 다른 욕심이 생겨났다. 내가 연주해서 녹음한 음악을 MP3 파일로 만들어 휴대전화 벨소리로도 사용하고 CD로 구워 차 안에서도 듣고 싶어진 것이다. 요즘 출시되는 신형 모델들은 USB 메모리로 녹음 파일을 전송할 수 있는 시스템이 갖춰져 있어서 나처럼 DIY형 벨소리 등을 만들고 싶어 하는 경우에도 별다른 불편함이 없다고 한다. 우리 집 피아노는 보이스 레코더를 사용하는 방법밖에 없었기에 내 임의대로 소형 녹음실 환경을 구상했다. MP3 플레이어 사용자들 대부분이 사용하는 귓속형 이어폰 대신 커다란 이어 컵(ear cup)이 달린 헤드밴드형 헤드폰을 쓴 것이 내 아이디어였다. 헤드밴드형 헤드폰을 머리에 쓰지 않고 이어 컵 부분만 서로 맞닿게 모아두면 그 안쪽에 작은 공간이 생긴다. 극도의 고요함을 유지한다는 것이 불가능하니 가상의 녹음실을 만들어보자는 생각이었다. 먼저 피아노 본체에 헤드폰을 연결하고 이어 컵 공간에는 보이스 리코더 소형 마이크를 집어넣는다. 그 상태에서 피아노에 녹음된 음악을 재생시키면 비교적 잡음이 적은 MP3 음악파일을 만들 수 있다. 단, 급조된 녹음 환경인 만큼 주변 소음을 최소화할 수 있는 시간을 택해야 한다.

나는 주로 온 가족이 깊은 숙면에 빠져 있는 새벽 시간에 녹음 미션을 수행하곤 했다. 그렇게 자체 제작한 연주 파일들이 쌓여갔다. 기성 피아니스트들의 연주가 들려주는 매끄럽고 빈틈없는 피아노 소리와는 거리가 멀었다. 하지만, 내 악기로 내가 좋아하는 곡들을 직접 연주하고 다양한 방법으로 편집하고 엮어냈다는 점에서 상당한 가치가 있었다. 엄마가 직접 피아노를 쳐서 들려주는 동요와 자장가였기에 딸아이에게도 음악에 대한 단순한 친근감 이상으로 악기 교습을 받는 것에 대한 자연스러운 관심이 생겨날 수 있었던 것 같다. 일곱 살이 된 딸아이는 장난감 상자를 열듯 피아노 뚜껑을 열고 앉아 무척 재미난 놀이를 하듯 악기음 모드를 바꿔가며 쉬운 동요를 연주한다. 오른손으로만 띄엄띄엄 한 음씩 짚어가는 수준에 불과하지만 나는 안다. 음계를 떠올리며 건반을 눌렀을 때 원하는 소리가 들리면 얼마나 기쁜지를……. 한 음 한 음 짚어가며 고민하던 딸아이는 어느 틈엔가 "엄마, 치고 싶은 노래가 너무 많아. 빨리 피아노 가르쳐줘!" 하며 달려오곤 한다.

직접 연주하는 즐거움을 누리는 데 있어 어쿠스틱 피아노와 디지털 피아노 중 어떤 것을 선택하느냐 하는 것은 큰 문제가 되지 않는다. 다만, 치기 쉬운 곡이든 어려운 곡이든 다양한 악기음으로 연주해보고 싶은 경우, 어린아이들에게 음악 감상과 연주의 재미를 좀 더 효율적으로 전해주고 싶은 경우라면 디지털 피아노 구매를 추천한다. 최고급 제품만을 고집하는 사람이라면 천만 원대 이상의 가격까지 고려해볼 수 있겠지만, 보편적 구매 여건을 기준으로 했을 때는 30만 원대 제품부터 검색할 수 있으니 오히려 어쿠스틱 피아노보다 부담이 적을 수도 있다.

내 경우, 우연히 야마하 피아노 전시장을 찾았다가 눈에 쏙 들어오는 디자인의 제품을 발견하여 품질 및 기능을 따질 겨를 없이 구매를 추진했지만, 멋스러운 겉모양만 고집하는 경우가 아니라면 인터넷 검색을 권한다. 여가 활용과 자기 계발에 관심을 드높이는 시대다. 사람들은 취미 생활을 하면서도 그 즐거움을 누리는 것에만 그치지 않는다. 인터넷으로 동호회를 만들고 카페를 개설하고 블로그를 채워간다. 예술 분야를 업(業)으로 삼고 사는 사람들은 보다 전문적인 수준의 고급 정보를 제공하고, 단순히 취미 생활을 기록하는 아마추어들은 초등학생들도 이해할 만한 쉬운 용어를 써가며 이야기를 풀어놓는다. 취미를 갖게 된 계기, 그 과정에서 얻은 경험들을 공유하고 취미 활동을 제대로 하기 위해 갖춰야 할 물품들과 현명한 구매 방식 등 상당한 양의 정보를 모아둔다.

디지털 피아노를 사려는 사람들, 디지털 피아노 구매 경험을 공유하려는 사람들, 디지털 피아노 판매처에서 일하는 사람들, 디지털 피아노를 직접 제작해야 하는 사람들이 한자리에 모인다. 요즘은 발품을 파는 시대가 아니라 인터넷 검색을 기반으로 넷 품과 클릭 품을 파는 시대라고들 한다. 정보 검색을 위한 약간의 정성만 있다면 적정 수준의 디지털 피아노를 선택할 수 있을 것이다.

현재 국내에서 구매할 수 있는 디지털 피아노는 크게 국내 브랜드와 해외 브랜드로 나눠 생각할 수 있다. 국내 브랜드로는 어쿠스틱 피아노계의 양대 거목으로 꼽히는 영창과 삼익을 들 수 있다. 그 밖에 다이나톤, 바우만, 칸타빌레, 아카데미, 피아체, 한국동양, 디피아 등의 디지털 피아노 전문 브랜드를 생각해볼 수 있다. 해외 브랜드로는 세계 시장 점유율 1위 자리를 굳게 지키고 있는 야마하와 그 뒤를 잇는 카시오를 고려할 수 있겠다. 실질적 수요 면에서나 교습 기회의 다양성 면에서 피아노는 이미 오래전부터 우리에게 친근한 악기다. 거기에 살짝 변형된 기술을 더한 디지털 피아노 앞에 앉아 어린아이와 같은 눈빛으로 갖가지 소리를 만끽해보자. 당신이 남자이든 여자이든, 나이가 많든 적든 음악은 새로운 놀이가 되고 삶의 활력소가 될 것이다.

8악장

이미자 & 소녀시대
—세대별 인기곡 매력 찾기

협소한 공간 하나를 빌려 60분 남짓한 시간 동안 세대 차이를 체험한다. 숨길 수 없는 괴리감을 애써 감추며 박수를 쳐주기도 하고 환호성을 지르며 타악기를 두드려주기도 한다. 화면 자막으로 나타나는 낯선 가사를 따라 읊조리며 상대와 호흡을 맞춰보기도 한다. 한손으로는 틈틈이 책자를 뒤적이며 나의 가창욕(歌唱慾)을 해소시켜줄 명곡을 찾아 헤맨다. 시간이 다 되어 거리로 나오면 임시저장 메모리가 순식간에 날아가 버린 듯 상대가 불렀던 노래 제목과 멜로디를 거의 기억하지 못한다.

부모님, 직장 상사 혹은 나이 차이가 상당히 많이 나는 친척들과 노래방을 찾았을 때 누구나 경험해보았을 법한 풍경이다. 도대체 누가 언제쯤 만들어 내놓은 곡인지 정체를 알기 어려운 노래 제목들이 몇 분 간격으로 반주 시스템에 예약되어 올라온다. 순서가 되면 또 그 낯선 노래를 부르며 자아도취가 된 듯 눈을 감는 모습들을 보게 되기도 한다. 재미있는 점은 신기한 듯 바라보는 눈빛과 멍한 표정이 나만의 것이 아니라는 사실이다. 빠른 비트로 통통 튀는 신세대 댄스곡 등을 들었을 때 나보다 나이가 지긋한 분들의 표정 역시 가관이다.

대학 신입생 무렵부터 결혼 전까지, 세대 차이에 대한 별다른 스트레스 없이 노래 부르는 일 자체를 즐겼던 나는 시간이 날 때마다 줄곧 어머니와 노래방을 찾았다. 한집에 함께 살고 있으니 따로 시간을 내어 만나야 하는 친구들과의 약속보다 편했고, '맛있는 외식 뒤의 노래방 1시간' 이라는 코스가 좀처럼 싫증나지 않았다. 처음 몇 차례는 보편적인 문화 충격에 사로잡혀 "무슨 그런 이상한 노래를 좋아하세요?", "요즘 노래 좋은 줄은 잘 모르겠다." 하는 식의 대화를 주고받기 일쑤였다. 그런데 노래 데이트 횟수가 늘어나면서 낯설게만 다가오던 흘러간 노래들이 나의 귀에도 익숙한 선율로 자리 잡기 시작했다. 어머니 역시 어느새 내 목소리에 박지윤의 발라드가 어울린다거나 성시경의 노래들이 대체로 분위기가 좋다는 표현을 하실 만큼 상당한 변화를 보여주셨다.

그렇게 몇 차례 반복해서 듣고 무의식중에 흥얼거리며 어머니를 따라 부르다가 '아, 정말 좋은 곡이었구나.' 생각하게 된 옛 노래들이 있다. 어머니는 가수 패티 김의 가요들을 무척이나 좋아하셨는데 그중에서도 단연코 명곡으로 기억되는 음악은 2010년 작고 한 박춘식 선생의 대표작 「초우(初雨)」와 「못 잊어」다. 세대 교감의 추억을 다시 떠올리며 잠시 두 곡의 노랫말을 되새겨본다.

「초우(初雨)」

가슴 속에 스며드는 고독이 몸부림칠 때
갈 길 없는 나그네의 꿈은 사라져 비에 젖어 우네
너무나 사랑했기에 너무나 사랑했기에
마음의 상처 잊을 길 없어 빗소리도 흐느끼네
너무나 사랑했기에 너무나 사랑했기에
마음의 상처 잊을 길 없어 빗소리도 흐느끼네

「못 잊어」

못 잊어 못 잊어 못 잊을 사람이라면
언제까지 당신 곁에 나를 버리고 살 것을
못 잊어 못 잊어 못 잊을 슬픔이라면
사랑하는 당신 품에 돌아가서 안길 것을
낙엽 진 가을의 눈물 눈에 덮인 긴 겨울밤
못 잊어 못 잊어 당신을 못 잊어

이별의 아픔과 사랑을 노래함에 이보다 가슴 저린 표현들이 있을까. 마음의 상처를 잊을 길이 없어 빗소리가 함께 흐느끼고, 가을이 지나고 겨울이 지나도 가슴에 사무쳐 기억으로만 묻어둘 수 없으니 차라리 임 곁에 자신을 버려야 했다고 후회하는 사랑이다. 7080세대 이후에 세상에 나온 대중가요 중에서도 비통한 심정이나 절절한 사랑을 잘 그려낸 작품들이 많이 있지만, 부모님 세대 정서를 바탕으로 만들어진 노래들을 들을 때는 특별한 향기를 느낄 수 있다. 멋스럽고 윤기 흐르는 사탕발림이 아니다. 거추장스러운 사족을 걷어낸 진하고 순도 높은 무엇인가가 가득 담겨 있다. 한참을 되뇌며 함축된 시적(詩的) 의미를 깨닫는 순간 감동을 하는 것이 아니라 노래를 듣자마자 애틋한 스토리가 그대로 전해져 눈물이 맺히곤 한다.

20대 초 · 중반에 걸쳐 어머니와 함께한 노래방 데이트를 통해 나는 또래 지인들이 알고 있는 것보다 좀 더 많이 옛 노래를 듣고 이해하게 된 것 같다. 자연스럽게 나이 차이가 꽤 많이 나는 어르신들과의 교감이 조금 더 수월해졌으니 큰 장점 하나가 생긴 셈이다. 어쩌다 서먹해지거나 때 아닌 침묵이 흐르는 순간에도 노래 이야기를 화두로 제시하며 명곡들의 제목을 거론하면 일시에 함박웃음을 지으며 무장해제 되어버리는 어르신들의 모습들을 자주 보게 된다.

이수미의 「여고시절」, 이장희의 「나 그대에게 모두 드리리」, 혜은이의 「당신은 모르실거야」, 김인순의 「여고 졸업반」등 70년대 초 · 중반 노래들을 이야기하면 어르신들은 그 시절 그 노래들과 함께 존재했던 묵은 추억들에 대해 하나둘 이야기보따리를 풀어놓곤 했다. 대화의 물꼬가 트이면 나 또한 어르신들의 묵은 추억들과 내 일상의 느낌이 일치하는 부분을 찾아 맞장구를 치고 껄껄 소리 내어 웃어볼 수 있었다.

음악에는 힘이 있다는 생각을 줄곧 해왔지만 그중에서도 세대를 넘어선 대중가요의 공유와 교감은 때로 삶을 새로운 각도로 보게 해주는 것 같다. 노래를 듣고 추억을 이야기하는 모습은 부모님 세대와 우리 세대가 다르지 않으며, 성장과 사랑, 이별과 그리움의 가슴 저림을 되새김에 있어 앞선 세대와 지금 세대의 괴리감을 논한다는 것이 얼마나 덧없는지 깨닫게 해준다. 한마디로 사람 사는 세상의 일맥상통(一脈相通)함을 다시 실감케 해준다.

클래식이나 뉴에이지, 샹송, 재즈, 외국 팝송 감상에 대해 적잖이 거북함을 느끼는 사람들이라도 대중가요에는 친근감을 느낀다. 매일 걷는 거리에서 백화점에서, 음식점에서 가장 쉽게 접할 수 있는 장르이기도 하고 우리나라나 일본에만 존재한다는 노래방을 찾아 직접 한 곡 멋지게 불러보는 즐거움 또한 상당하다. 부담 없고 접하기 좋은 대중가요를 조금만 더 적극적으로 즐겨보기를 권유한다. 세대 간의 교감 가능성도 높이고 한국인의 정감이 물씬 느껴지는 가사에 흠뻑 취하며 감수성도 높이는 방법이 있다.

70년대, 80년대, 90년대, 2000년대 이후의 대표 히트곡들을 몇 가지 골라서 시대의 정서를 꿰뚫어보는 것이다. 현학적 용어를 남발하는 대중음악 평론가로 변신할 필요는 없다. 시기별로 대중 다수에게 인기를 끌었던 노래들이 왜 그러한 영광을 누렸는지 핵심적인 매력을 찾아보는 것이다. 인기곡들만 모아놓아도 사실 그 양은 엄청나게 많다. 모두 분석하지 말고 특별히 관심이 가는 곡들을 선별해보자. 지극히 주관적인 평가만이 적용되어도 좋다. 어차피 음악을 즐김에 있어 그 과정을 조금 더 맛있게 요리해서 누려보자는 시도니까. 부모님을 포함해 나이 차이가 좀 있는 윗사람들에게 곡 선정을 부탁해도 좋겠다. 깊은 밤잠을 못 이루게 할 만큼 심취해서 듣던 노래들이 있는지, 왜 그토록 그 곡을 좋아했는지 물어봄으로써 그 시대의 음악적 정서를 조금이나마 이해할 수 있을지 모른다.

나의 경우 가사와 선율이 끌리면 조선 시대 노래라도 찾아서 들을 법한 음악 감상 욕구가 있었고, 또래보다 무척 조숙한 성장기를 보낸 남편과 살고 있었기에 탐색 과정이 순조로웠다. 요즘 노래보다 흘러간 노래들을 더 좋아하고, 심지어 부모님 세대 노래들을 처음부터 끝까지 흥얼거릴 줄 아는 남편은 7080세대 인기 가요에 대한 자신의 느낌을 자주 들려주었다. 대표적인 예로 '히트 보증수표' 라 칭해도 과언이 아닌 대학가요제 수상 곡들을 꼽을 수 있겠다.

내 이름 '지영' 의 첫 글자를 영문 알파벳 'J' 로 바꿔 계속 불러주는 듯한 가수가 한 명 있었다. 「J에게」라는 곡으로 일약 스타가수 반열에 오른 이선희는 일단 무대에 서면 한 곡이 끝날 때까지 무려 십여 차례 'J' 를 부르며 애잔한 그리움을 노래했다. 자꾸만 나를 향해 속삭이는 듯한 그 노래로 가슴이 뛰었는데, 생각해보니 그 시절이 초등학교 저학년 때였다. 나도 남편만큼이나 애늙은이였던 것 같다. 이후 이선희는 또 한 번 성명 일부를 따온 듯한 「영」이라는 노래를 발표해서 인기를 얻었는데, 이름이 '지영'인 나는 다시 십여 차례 '영'을 외치며 노래하는 그녀를 보며 남몰래 흐뭇해서 웃곤 했다.

「J에게」
J, 스치는 바람에
J, 그대 모습 보이면
난 오늘도 조용히
그대 그리워하네
J, 지난밤 꿈속에
J, 만났던 모습은
내 가슴 속 깊이
여울져 남아 있네
J, 아름다운 여름날이
멀리 사라졌다 해도
J, 나의 사랑은
아직도 변함없는데
J, 난 너를 못 잊어
J, 난 너를 사랑해
J, 우리가 걸었던

J, 추억의 그 길을
난 이 밤도 쓸쓸히
쓸쓸히 걷고 있네

「영」
영, 책갈피에 꽂아둔
영, 은행잎은 퇴색해도
영, 못 견디게 보고 싶은 영
너는 지금 어디에
영, 나만 혼자 외로이
영, 남겨놓고 어디 갔니
영, 다시 내게 올 수 없는 영
난 너를 사랑해
땅거미 등에 지고
강가에 앉아
풀꽃반지 끼워주며
속삭인 그 말
영, 너는 잊었니
벌써 잊었니
돌아와 줘
나는 너를
너를 사랑해

두 곡이 특별한 느낌이 드는 것은 어찌 보면 당연했다. 이름 일부분이 유사하든 그렇지 않든 사랑하는 사람을 부르는 듯한 상징적 호칭이 반복적으로 귀에 들어오니 쉽게 친근감이 느껴질 수밖에 없다. 생각해보니 애당초 노래를 듣는 대중의 심리를 간파하고 그처럼 누군가를 부르는 듯한 제목과 가사를 택해 작품을 만들었던 것 같기도 하다. 그리고 그런 곡들 대부분은 그 제작 의도에 상응하는 인기를 누려왔던 것 같다. 이선희의 「J에게」를 알게 된 이후에도 호칭형 히트곡들을 숱하게 만나 왔다. 김승진의 「스잔」, 박혜성의 「경아」, 이승철의 「희야」를 비롯해 트로트 쪽에서는 단연코 태진아의 「옥경이」를 꼽을 수 있겠다.

새로 산 차를 타고 교외로 첫 드라이브를 즐기러 나간 날이었다. 신형 오디오 시스템이 장착되어 소리가 끝내준다며 남편은 음악을 틀었다. 멋진 사운드를 기대하라기에 제법 빠르고 타악기 리듬이 강하게 들어간 록음악이 나오리라 예상하고 있었다. 쩌렁쩌렁하게 무언가 쏟아져 나올 것만 같았던 그 순간, 너무도 조심스럽고 고요하게 첫 음의 현을 뜯는 통기타 소리가 차 안을 채웠다. 이윽고 흘러나온 선율과 가수의 목소리는 그 어떤 수식어로도 표현하기 어려운 따스함 그 자체였다.

"이 노래 처음 들어봐? 많이 알려진 곡인데 몰랐구나. 노고지리라는 그룹의 「찻잔」이야."

제목을 듣자마자 떠오른 그림은 빨간 모닥불이었다. 곧이어 불

앞에 마주 앉아 두 볼이 발그레해진 연인의 모습이 그려졌다. 단 한 번의 기교도 없이 음악 시간 가창시험을 보듯 또박또박 차분하게 한 음 한 음 이어 나가는 이 노래는 여타 대중가요가 추구하는 감칠맛 나는 멋과는 또 다른 매력이 있었다. 흠모해 온 누군가를 앞에 앉혀두고 느릿느릿 한 어절씩 힘주어 사랑을 고백하는 듯한 가사가 사랑스러운 곡이다. 무척 순진한 표정을 하고 있을 듯한 노래 속 화자를 따라 남편과 나 역시 또박또박 가사를 읊조려 보곤 했다.

가사의 첫 소절이 말해주듯 '너무 진하지 않은 향기를 담고 있는' 곡이어서 더더욱 7080세대 노래들을 이야기할 때 대표곡으로 꼽게 되는 작품이다. 차분함 속에서 드러날 듯 말 듯 느껴지는 로맨틱함을 원한다면 신 · 구세대 가요를 모두 통틀어 노고지리의 「찻잔」을 들어보라고 자신 있게 권유하겠다.

「찻잔」
너무 진하지 않은 향기를 담고
진한 갈색 탁자에 다소곳이
말을 건네기도 어색하게
너는 너무도 조용히 지키고 있구나

너를 만지면 손끝이 따뜻해
온몸에 너의 열기가 퍼져
소리 없는 정이 내게로 흐른다

영화 한 편을 통해 조금 뒤늦게 관심을 두게 된 노래도 있다. 제1회 대학가요제(1977) 수상 곡으로 이미 많이 알려졌던 샌드페블즈의 「나 어떡해」는 이창동 감독의 영화 「박하사탕」을 통해 내게 본연의 매력을 드러냈다. 야유회가 열리는 강변, 흐느적거리듯 「나 어떡해」에 맞춰 몸을 흔드는 40대 중 · 후반의 남녀들이 있다. 그 사이로 주인공 설경구(김영호 분)가 걸어 나와서는 마이크를 들고 첨벙첨벙 물속으로 발을 딛는다. 그리고 땀인지 눈물인지 습기로 뒤범벅된 얼굴을 한 채 이 노래를 부른다. 몇 차례인가 "나 어떡해"를 외치는데 어느 순간 그 외침이 현실 속의 절절한 울음처럼 들렸다. 정말 이제 어떻게 하면 좋겠냐는 물음처럼 들렸다. 이어진 장면에서 마치 그 물음에 답이라도 하듯 주인공은 "나 다시 돌아갈래!" 소리를 지르며 달려오는 기차에 몸을 던져버린다. 플래시백 형식으로 주인공의 죽음에 쌓인 자초지종을 풀어가는 이야기가 영화의 핵심 내용이었다. 나는 음악 이야기를 하려는 것이니 영화의 주제나 예술성 따위에 관한 언급은 차치하고 노래 가사부터 다시 곱씹어보겠다.

「나 어떡해」
나 어떡해 너 갑자기 가버리면
나 어떡해 너를 잃고 살아갈까
나 어떡해 나를 두고 떠나가면
그건 안 돼 정말 안 돼 가지마라

누구 몰래 다짐했던
비밀이 있었나
다정했던 네가
상냥했던 네가
그럴 수 있나

못 믿겠어 떠난다는 그 말을
안 듣겠어 안녕이란 그 말을

영화를 보기 전 우연히 방송에서 듣곤 했던 「나 어떡해」는 아직 세상을 많이 경험해보지 못한 철부지들의 사랑, 그 사랑을 주고받으며 쏟아내는 귀여움 섞인 응석 이상도 이하도 아니었다. 그런데 한 사람의 삶이 오락가락하는 장면 앞에 눈물과 절규로 가득 덧칠된 「나 어떡해」를 들었을 때 이 노래가 단조(短調) 선율로 작곡된 곡이었음을 새삼 실감했다. 지극히 단순한 가사로 "네가 가면 내가 견딜 수 없을 것 같으니 가지 마라." 애원하는 곡이건만, 다시 들여다보니 단순함은 겉포장에 불과했다. 춤을 추기 좋을 정도의 빠른 비트 역시 가슴 속 깊은 곳에서 솟구치는 울음을 애써 숨기며 태연한 척하려는 외면치레로 다가왔다. 노래 속에서 목청 돋우어 부르는 '너' 역시 좋아하는 누군가로만 대변되는 것이 아니라 이미 시간 속으로 숨어버려 더 이상 대면할 수 없는 그리운 세월의 한 부분으로 해석되었다. 익숙했던 인식의 틀을 깬 뒤, 재미 삼아 아주

느릿느릿 이 곡을 연주해봤다. 나의 피아노 위에서 아다지오의 흐름을 탄 「나 어떡해」는 춤을 추기는커녕 당장에라도 바닥에 엎어져 한바탕 울기에 좋은 발라드곡으로 재탄생되었다.

그때부터는 쿵떡쿵떡거리는 빠른 비트의 가요들도 댄스곡으로만 들리지 않았고, 솜사탕처럼 달콤한 느낌이 드는 장조(長調) 곡들도 명랑하고 발랄한 이미지로만 해석되지 않았다. 멋 내고 가릴 것 없이 툭 터놓고 구성지게 부르는 트로트 장르에 대해서도 노래의 전체적인 이미지나 가사의 숨은 뜻을 유심히 살펴보며 듣는 습관이 생겼다. 그러다 보니 어르신들이 즐겨 찾는 흘러간 노래들이 촌스럽고 고리타분하다는 고정 관념이 사라졌다. 함초롬한 꽃미남 꽃미녀 젊은이들이 쏟아져 나와 춤을 추며 부르는 요즘 노래들에는 진지함이 없고 유치하다는 편견 또한 무의미해졌다.

2003년 겨울쯤이었던 것 같다. 하늘거리는 꽃잎 같은 목소리에 아름다운 기교와 탄탄한 가창력까지 두루 갖춘 가수 심수봉을 근거리에서 직접 바라볼 기회가 생겼다. 크리스마스트리 장식과 각종 캐럴로 넘쳐나는 연말, 평소 「그때 그 사람」, 「비나리」등에 열광하던 남편과 「사랑밖엔 난 몰라」, 「미워요」 등에 감동 받던 나는 이십 대 중반과 삼십 대 초반의 나이를 가진 여느 커플들과는 다른 선택을 했다. '심수봉 노래 BEST' 라는 음악 폴더를 만들어두고 차에서 수차례 듣다 보니, 두 사람 모두 그녀의 노래 절반 이상은 처음부터 끝까지 음정, 박자, 가사 하나 틀리지 않고 부를 수 있게 된 상태였다.

그 겨울, 그녀가 콘서트 현장에 나타난다는 사실을 알고 직접 한 번 봐야 한다는 의견이 일치했다. VIP석, 그것도 맨 앞줄 한가운데 자리를 골라 앉아 여고생들이 하듯 꺅꺅 환호성을 질러가며 대한민국 대표 가수를 맞이했다. 즐겨 듣던 노래의 주인공을 눈앞에 두고 호흡을 맞춰 함께 입을 움직여 보는 그 순간이 어떤 재미있는 놀이보다도 나를 집중하게 했다. 공연 후반부에 가서는 동행한 남편이 옆 자리에 제대로 앉아 있기는 한지 생각할 겨를조차 없었던 것 같다. 어머니 세대 가수의 노래를 듣고 두 볼이 잔뜩 상기될 만큼 좋아라 하는 내 모습도 신기한 것이겠지만 청중을 단번에 사로잡아 음악 속으로 빠져들게 하는 심수봉의 카리스마는 역시 대단했다.

심수봉의 노래들은 유난히 돋보이는 그녀의 목소리를 장점으로 가지고 있으면서도 하나같이 가슴 뛰는 이야기들을 풀어내고 있는 듯했다. 그것이 가만히 미소 짓게 하는 추억이든 아랫입술 깨물고 상기하는 아픈 기억이든 상관없었다. 그녀의 노래들 속에는 살아 숨 쉬는 화자가 존재하는 것 같았고 그것이 그 명곡들의 오랜 인기 비결이 아닌가 생각했다. 콘서트 마무리 단계에 가서는 젊은 대중과의 소통을 위한 혼신의 노력을 보여주었다. 갑자기 현란한 조명을 받으며 댄서, 래퍼들과 함께 무대로 뛰어나온 그녀는 조성모의 「후회」를 열창하며 춤을 추었다. 기대 이상의 에너지, 절도 있게 움직이는 팔과 다리, 빠른 리듬에 맞춰 좌우를 번갈아 보는 강렬한 시선은 더 이상 우리가 알던 그녀의 것이 아닌 것 같았다. 감동이었다.

음악의 아름다움을 누림에 있어 세대 간의 괴리감이라는 것은 지극히 편협한 생각에서 기인한 것임을 실감했다. 조성모의 음악이 심수봉의 목소리로 다시 채색되었을 때와 마찬가지로 우리는 수차례 흘러간 가요와 신세대 가요 사이를 넘나드는 리메이크곡들을 통해 신선한 충격을 경험해왔다. 우순실의 「잃어버린 우산」이 조성모의 「잃어버린 우산」이 되었을 때, 김동률의 「거위의 꿈」이 인순이의 「거위의 꿈」으로 다시 고개를 내밀었을 때도 그랬고, 혼성듀오 '한마음'의 「가슴앓이」가 지영선의 「가슴앓이」로 재탄생되거나 조덕배의 「꿈에」가 이수영의 「꿈에」로 변신했을 때 역시 그랬다.

최근 발표된 곡들을 연륜 가득한 부모님 세대 가수가 부를 때나 익숙해진 옛 노래를 새내기 가수가 부를 때 느껴지는 것은 거부감이나 어색함이 아니라 사이다처럼 톡톡 터지는 알싸함, 콕 짚어 말할 수 없는 반가움 같은 것이었다. 음악은 우리의 활용 여하에 따라 이해와 소통의 열쇠가 될 수도 있고 갈등의 분위기를 은연중에 불식시키는 신비스런 처방전이 될 수도 있다. 그래서 편식하지 않는다. 가요 순위 프로그램 상위권을 차지하며 10대 네티즌들의 환호를 독차지하는 곡들을 들어본다. 십수 년 이상 모습을 감췄던 가수들이 늙수그레해진 얼굴로 나타나 빛바랜 사진첩 열듯 다시 풀어놓는 히트곡들도 들어본다. 눈과 귀에 익숙하지 않다고 하여 낯섦으로만 인식할 필요가 없다.

천재적 수준의 작곡 · 작사가가 넘쳐난다 해도 짧게는 며칠, 길게는 몇 개월에 걸친 고민을 통해 탄생한 작품들이다. 정성이 스며

들어 있기에 숨은 매력이 있게 마련이고, 귀 기울여 몇 차례 듣다 보면 좋아할 만한 요소들이 서서히 드러날 것이다. 우리가 찾아내듯 음악을 업(業)으로 삼고 살아가는 가수들도 찾아낸다. 시공을 초월하는 매력적인 선율은 그렇게 다듬어지고 다시 채색되고 새로운 향기를 머금은 채 대중에게 재회를 선언한다. 30년 세월을 구분 짓는 시절의 단위가 우리의 입을 통해 '한 세대' 라고 일컬어지고 있을 뿐, 음악의 세계 속에서는 50년도 100년도 '세대 차이' 를 논하지 못한다. 부모님과 마주 앉아, 내 아이들과 마주 앉아 차 한 잔 나누는 동안 배경음악으로 틀어두기에 좋은 리메이크 가요들을 모아봤다. 언젠가는 소녀시대가 이미자의 곡을 리메이크한 것이라 소개하며 이 리스트에 「동백아가씨」 하나를 더 추가할 수 있었으면 좋겠다.

〈원조와 리메이크〉

OLD(원조)	NEW(리메이크)
송창식 「고래사냥」	마야 「고래사냥」
여진 「그리움만 쌓이네」	노영심 「그리움만 쌓이네」
조용필 「단발머리」	SG워너비 「단발머리」
혜은이 「당신은 모르실거야」	핑클 「당신은 모르실거야」
이지연 「바람아 멈추어다오」	장나라 「바람아 멈추어다오」
전영록 「불티」	홍경민 「불티」
이문세 「붉은 노을」	마야 「붉은 노을」 빅뱅 「붉은 노을」
유재하 「사랑하기 때문에」	DJ.DOC 「사랑하기 때문에」
김수희 「애모」	서영은 「애모」
혜은이 「열정」	코요태 「열정」
산울림 「창문너머 어렴풋이 옛 생각이 나겠지요」	한스밴드 「창문너머 어렴풋이 옛 생각이 나겠지요」
송창식 「담배가게 아가씨」	윤도현 밴드 「담배가게 아가씨」
우순실 「잃어버린 우산」	조성모 「잃어버린 우산」
한마음 「가슴앓이」	지영선 「가슴앓이」
강촌사람들 「내가」	이수영 「내가」
구창모 「희나리」	서영은 「희나리」
박성신 「한 번만 더」	이승기 「한 번만 더」
김추자 「빗속의 여인」	김건모 「빗속의 여인」
김동률 「거위의 꿈」	인순이 「거위의 꿈」
정미조 「개여울」	김종국 「개여울」

9악장

사랑하는 사람들을 음악으로 빛내주기 —CD 및 동영상 제작

텔레비전 화면 한가득 '가족'이라는 제목이 큼지막하게 나타나고 잠시 뒤 맥플라이(McFly)의 노래「All About You」가 배경 음악으로 흘러나온다. 시아버지, 시어머니, 남편과 나, 시누이 내외, 시동생 내외, 조카, 우리 딸과 아들의 유쾌했던 한때 모습이 나타난다. 한 사람씩 화면에 등장할 때마다 거실에 즐거운 웃음소리가 넘쳐나고, 가족애를 깊이 느낀 몇몇은 코를 붙잡고 그렁그렁해진 눈물을 보이며 비로소 씻는다. 옛날 같았으면 커다란 앨범 주위에 둘러앉아 인화된 사진들을 한 장 한 장 감상하며 시간을 보냈겠지만, 때때로 온 가족이 모여 앉은 우리 집 거실은 다르다. 모두가 동영상 속의 주인공으로 멋스러운 배경 음악에 맞춰 그 얼굴을 드러낸다. 추억이 깃든 장면들을 더욱 빛나게 해주는 것은 역시 음악이었다. 평소 별다른 감흥을 주지 못하던 곡들도 정성스럽게 편집된 동영상의 배경 음악으로 깔리니 어딘가 특별해 보였고 좀 더 오랫동안 기억에 남았다. 그렇게 동영상 편집 작업은 음악을 다양한 방법으로 즐기고 싶어 하는 나에게 일종의 좋은 놀이가 되었다.

캠코더로 촬영한 영상을 이리저리 자르고 붙여 만드는 동영상 편집 툴은 초보자들에게는 다소 어렵고 복잡했다. 기계 공포증이 있는 나에게도 적합하지 않았다. 몇 번의 클릭만으로 일반 JPG 사진 파일들을 음악과 함께 엮을 수 있는 만능 도구가 필요했다. 인터넷 검색을 통해 윈도 무비메이커, 매직원 등의 쉬운 동영상 편집

프로그램을 찾을 수 있는데 대부분 무료로 내려받기가 가능한 셰어웨어(shareware)라서 초보자들에게 권해줄 만했다. '가족'을 주제로 나름의 기획을 하고 동영상을 만들게 된 것은 이미 여러 차례 초보적인 작품들을 만들어본 후의 일이다. 처음에는 별다른 의미 없이 찍어둔 풍경 사진들이나 내 어린 시절 사진들을 엮어냈고, 음식을 만든 후 접시에 보기 좋게 담아놓고 찍은 사진들을 이리저리 붙여둔 것이 대부분이었다. 동영상 편집 툴 안의 몇 가지 기능들을 익혀 적용하면 정지 상태에 있던 JPG 사진파일들이 살아 움직이듯 확대되거나 축소되기도 하고 오른쪽과 왼쪽으로 지나갔다가 갑자기 빙글빙글 돌며 사라지기도 했다. 그런 다양한 효과들 역시 잘 선별해서 사용하지 못하면 촌스럽고 우스꽝스러운 동영상이 되기 일쑤였다.

몇 차례 수정해 가며 적절히 구색을 갖추니 아마추어의 작품치고는 꽤 근사한 결과물들을 얻을 수 있었다. 몇 번인가 연습을 거친 후 연말에 딸아이의 선물을 만들어봤다. 한 해 동안 숱하게 찍어둔 딸아이의 사진 중 포토제닉상을 수여해주고 싶을 만큼 예쁜 것들을 엄선했다. 일차적으로 엄선한 50여 장 가운데 다시 30장을 골라냈다. 예선과 본선을 모두 통과한 사진들을 뒤섞어 스토리가 전달될 수 있도록 앞뒤 순서를 정했고 아이의 귀여운 이미지에 잘 어울리는 음악파일을 골라 배경음으로 적용했다. 각 화면에는 동영상을 설명하는 간략한 자막을 넣고 엔딩 크레딧에는 마음을 전하는 짤막한 편지를 남겼다. 그 상태에서 다시 몇 차례 불필요한 부분들을 잘라내서 데이터를 완성하고 CD로 만들어 크리스마스 선물용 포장을 했다. 당시 다섯 살에 불과했던 딸은 컴퓨터나 각종 매체에 대해 아는 바가 없었기에 엄마가 건네주는 CD를 신기한 듯 바라볼 뿐이었다. CD가 재생되고 화면 가득 예쁘게 찍힌 자기 모습이 나오고 아름다운 멜로디가 흘러나오자 비로소 행복한 표정으로 소리를 지르며 거실을 폴짝폴짝 뛰어다녔다.

"아빠! 내가 텔레비전에 나와요!"

가족을 넘어 아끼는 지인들을 위해 동영상을 제작하기 시작하면서 더욱 절실하게 음악의 힘을 느꼈다. 평소 여동생처럼 생각하며 속내를 털어놓고 지내 온 L양은 평범한 공무원이었다. 착하고 여성스런 마음씨도 일품이었지만 탤런트 손예진 뺨치는 아름다운 외모가 보기 좋았다. 그녀는 자신의 장점을 잘 실감하지 못하는 것 같았다. 훤칠한 키에 모델들도 혀를 내두를 정도의 잘록한 허리, S라인 몸매를 가지고 있으면서도 그 기막힌 모습을 스스로 알지 못했으니 곁에서 바라보는 지인으로서는 안타깝기 그지없었다. 진짜 인생의 반려자가 될 사람을 만났을 때가 비로소 결혼 적령기이겠지만, 보편적인 요즘 시각으로 여자의 적정 혼기(婚期)가 스물여덟 살에서 서른세 살 정도인 것을 감안하면 그녀도 어린 나이가 아니었다.

당시 그녀의 나이는 스물아홉이었다. 결혼에 대한 고민은 극히 개인적인 문제이니 차치하기로 했고, 어느 날 문득 그녀에게 '자기가 얼마나 멋스러운 여자인지 알게 해줘야지.' 하는 생각이 들었다. 그래서 즉흥적으로 메모를 시작했다. 어떤 이미지를 부각하고 싶은지, 어떤 분위기의 음악이 잘 어울리는 사람인지 적어나갔다. 대략의 구상이 끝난 뒤 촬영을 위해 저녁 식사 제의를 했다. 아늑하고 운치 있는 무드를 원하는 사람들에게 최근 수년 사이 큰 인기를 끌게 된 곳이 있었다. 경기도 성남시 분당구 정자동의 카페 거리가 그러했다. 오피스텔과 아파트 밀집 지역에 불과했던 그 거리는 주상복합 건물들 1층에 자리 잡은 카페들로 이름을 떨치기 시작하면서 2005년경부터 카페거리, 테라스거리 등으로 불리고 있었다. 예쁜 패션 소품 하나를 꼭 챙겨 나오기 바란다는 내 말을 잘 기억했는지 그녀는 챙이 넓은 갈색 모자를 가져왔다.

"오늘 내가 미친 듯이 사진을 찍어대더라도 절대 의식하지 말고 그냥 그런가 보다 하면 돼. 알았지?"

저녁 식사를 하고 차를 마시며 두런두런 일상과 미래 계획들에 대한 소회를 털어놓는 사이 카메라를 든 나의 왼손은 단 한 차례도 무릎 쪽으로 내려오지 않았던 것 같다. 어색함을 최소화하기 위해 촬영 모드를 연사(連寫)로 해두고 밥 먹는 모습, 웃고 대화하는 모습, 창밖을 보는 모습, 가만히 생각에 잠기는 모습 등을 향해 정신없이 초점을 맞추고 셔터를 눌러댔다. 애당초 공주병 등과는 거리가 멀었던 그녀는 자신이 가져온 챙 넓은 모자를 눌러 쓰면서도

'언니, 지금 도대체 뭐 하시는 거예요?' 묻는 눈빛을 하고 멋쩍게 웃을 뿐이었다. 그렇게 시간을 보내고 집으로 돌아오는데 그녀의 모습에 환상적으로 잘 어울리는 음악들이 떠오르기 시작했다. 때 아닌 창작욕이 불타오르자 좀처럼 잠도 오지 않았다.

연사 모드로 촬영을 했기에 나의 DSLR 카메라 안에는 500장 이상의 사진들이 빼곡하게 들어차 있었다. 흔들림이나 적목 현상이 없고 자연스러운 표정이 잘 살아 있는 사진들, 외모의 장점을 잘 드러낸 사진들, 주변 풍경과 잘 어우러진 사진들만을 남겨두니 50장 정도가 되었다. 사진별 등장 순서를 정하고 동영상 편집기로 전환 효과를 설정했다. 다양한 효과를 줄이고 70% 이상을 자연스러운 디졸브(Dissolve) 모드로 연결해두니 세련된 느낌이 배가되었다.

오래전 의류 광고에 삽입된 적이 있는 영국 싱어 송 라이터 젬(Jem)의 「They」라는 곡을 배경 음악으로 사용했다. 차갑고 이국적인 느낌에 섹시함과 사랑스러움이 동시에 녹아 있는 곡이다. 동영상으로 변신한 50여 장의 사진과 배경 음악은 그녀를 5분 길이의 뮤직 비디오 주인공으로 탈바꿈시켰다. 자화자찬이지만 그 정도면 세미프로(semi-pro) 소리는 듣겠다 싶었다. 정성스레 꾸민 데이터를 CD에 담아 내밀었을 때, 그리고 그 창작물을 감상한 뒤 그녀의 표정은 만족감으로 반짝반짝 빛났다. 그 이후 이전보다는 확실히 자신의 매력을 아는 사람, 보다 더 자신감 있는 사람으로 변한 것 같았다. 그 자신감이 그녀를 더욱 아름답게 했고 음악을 이용한 나의 작은 시도가 의미 있는 일을 해낸 것 같아 기뻤다. 그녀가 해준 인사말 역시 나에겐 소중한 의미가 되어 지금까지 남아 있다.

"언니는 나보다 내 장점을 더 잘 이해하고 그걸 찾아내서 보여준 사람이에요. 고마워요."

예전 같으면 가까운 지인들끼리 직접 음반을 사서 주고받는 일 정도는 대수가 아니었지만 최근 수년 사이 길거리 음반 판매점들은 그 수가 현격히 줄었다. 대형 서점 한쪽에 마련된 매장을 찾아가기라도 해야 겨우 옛날 음반 가게 분위기를 느낄 수 있고 대부분은 온라인 쇼핑몰을 이용하는 추세다. P2P(peer to peer) 방식 음악파일 교환 프로그램이 급성장하면서 사회적으로는 저작권 침해 논란과 서비스 중지 가처분 결정 등의 소동이 한바탕 휩쓸고 지나갔다. 창작물에 대한 권리가 철저히 존중되어야 한다는 여론이 형성되면서 음악파일들은 전면 유료화되었고 월 정액제 및 자유이용권 등의 제도를 통해 수요자들에게 전달되고 있다. 나 역시 정액제 서비스를 이용하며 틈날 때마다 선호하는 장르의 명곡들과 최신곡들을 내려받는다. 그렇게 폴더 안에 쌓인 파일들은 아이를 재울 때, 글을 쓸 때, 요리하거나 청소를 할 때 내 생활 속 배경 음악으로 다시 태어난다.

음악을 들으면 이따금 가족, 친지를 포함해 내가 알고 지내는 이들의 모습이 떠오를 때가 있다. 단순히 그들의 얼굴이 생각나는 게 아니다. 아침에 눈을 뜨고 일어나 세수를 하고 밥을 먹고 어딘가로 외출하는 일상, 일하고 사람들을 만나고 즐거워하거나 슬퍼하거나 하는 모습들이 줄줄이 그려진다. 상상력이 풍부한 까닭이겠지만 그 연상의 시간은 내 안에서 한 편의 드라마가 되고 영화가 된다 해도 과언이 아니다. 속에서 일어났다 수그러드는 생각들을 모두 행동으로 옮길 수는 없었다. 손에 꼽을 정도의 소수이기는 했지만 절친한 지인들 몇몇은 뭔가 생각해내고 만들어내고 의미를 부여하는 나의 즐거움을 이해했다.

특정 선율을 대했을 때 누군가가 생각났다면 그때부터 그 곡은 누군가의 주제곡이 되는 것이었다. 그만큼 한꺼번에 많이 모을 수 있는 게 아니었다. 최소한 대여섯 곡 정도가 쌓여야 CD 한 장에 담기에 적절했는데 길게는 몇 개월이 흘러 하나의 CD를 만들기도 했다. 진심과 정성스런 마음은 어떤 식으로든 전해진다더니 대여섯 곡밖에 담겨 있지 않은 CD를 받으면서도 지인들은 행복해했다. 한두 곡을 토대로 제작된 뮤직비디오 스타일 동영상을 선물 받았을 때만큼이나 그 대여섯 곡은 그들에게 특별했던 것 같다. 누군가에게 하나의 선율과 어우러져 기억되고 있다는 사실은 분명히 매력적이다.

이 모든 작업의 기반에는 청초했던 스물한 살의 추억이 스며 있다. 대학 시절, 나를 많이 아끼고 좋아해 준 선배가 한 명 있었다. 사진 찍기를 좋아하고 실제로 상당한 촬영 실력을 갖추고 있던 그는 별다른 행사 때가 아니라도 자주 카메라를 들고 다니며 내 모습을 담곤 했다. 정면으로 대하는 얼굴보다 약간 고개를 들고 있는 내 옆모습을 좋아했고 사진들을 구경할 때면 어김없이 음악을 틀어주곤 했다. 그는 다른 사람들이 나를 바라볼 때 인식하지 못하는 심리 상태를 인식했고 찾아내지 못하는 매력을 찾아냈다. 그리고 그것들을 이야기해주었다.

"너는 참 대단하고 멋진 사람이야. 네가 가지고 있는 재능, 삶과 사람들에 대해 품고 있는 애정이 보여. 언젠가는 세상을 향해 그 재능과 애정을 맘껏 쏟아 붓게 될 거야. 그때가 되면 한 번쯤 나를 기억해 주겠니?"

축복 가득한 덕담과 함께 내 귀에 이어폰을 꽂아주던 날, 감동 때문이었는지 다른 이유가 있었는지 명확히 기억할 순 없지만, 하염없이 눈물을 흘렸던 것 같다. 그날 그가 "너를 생각하게 하는 곡"이라며 들려준 곡이 유키 구라모토의 「루이스 호수(Lake Louise)」다. 신기하게도 그날 이후 「루이스 호수」는 나로 하여금 그를 생각하게 하는 곡으로 변신했다. 15년 가까이 세월이 흘러 버린 지금, 내게 남아 있는 「루이스 호수」에 대한 이미지를 보다 정확히 표현하자면 "한때 그가 나를 생각할 때마다 떠올렸던 곡"이다.

인연을 생각한다. 이룰 수 없었던 사랑이라 해도 좋고 잠시 스쳐 지나간 지인이라 해도 좋다. 한솥밥을 먹고 한 거실에 모여 앉는 가족이어도 좋고 이따금 회포를 푸는 오래된 벗이어도 좋다. 결재 서명을 받을 때만 마주할 수 있는 직장 상사라 해도 괜찮고 업무 관련사항 이외의 사적인 대화는 나누지 않는 다른 부서의 동료라 해도 상관없다. 단 한 순간이라도 같은 공간에서 호흡했던 인연이라면 그 자체로 특별한 게 아닐까 생각한다.

눈을 감고 음악 감상을 할 때 불특정 다수의 숱한 인연은 내 안에서 줄곧 '그들' 이라는 호칭으로 대변된다. '그들' 의 삶을 축복하고 행복을 기원하는 마음으로 음악을 듣다 보면 신비스럽게도 아주 오랫동안 잊어버리고 지냈던 누군가가 의식의 수면 위로 떠오른다. 그 순간 듣고 있던 음악은 그때부터 누군가의 주제곡이 되고 그 누군가는 음악의 주인공이 된다. 이후 다시 그 곡을 들을 때는 자연스럽게 주인공과의 추억을 되새기고 그의 밝은 앞날을 기도해주게 되는 것이었다.

거꾸로 적용시키는 경우도 있다. 어느 날 누군가가 그리워질 때면 그 누군가의 주제곡으로 설정해둔 음악을 찾아 듣는 식이다. 인연에 대한 관념에 융화시킨 뒤부터 나에게 음악은 단순히 귀로 듣는 선율 이상의 것이 되었다. 나에게 음악 감상은 한 사람을 생각하고 그 한 사람의 일상, 기쁨과 즐거움, 분노와 슬픔을 그려내는 상상의 과정이자 행복을 기원해주는 일종의 의식 같은 것으로 자리 잡았다. 그래서 난생처음 듣는 음악을 대할 때면 남다른 설렘을 경험하기도 한다. 그 선율이 나의 기억 속에서 한동안 잊고 살아온 누군가를 흔들어 깨울지도 모르기 때문이다. 그렇게 또다시 새 선율 속에서 나만이 느낄 수 있는 재회를 하게 될지도 모르기 때문이다.

지금 이 글을 읽을 때 귓가를 스치는 음악이 있다면 잠시 눈을 감고 그 선율에 집중해볼 것을 권한다. 선율을 타고 가장 먼저 떠오르는 사람에게 안부 전화를 걸어주거나 음악파일을 CD로 구워 선물해보기 바란다. 듣고 즐기는 것에서 나누는 것으로 범위를 넓히는 순간, 음악은 당신의 진심을 전달해주고 누군가의 인생에 특별한 행복을 주는 놀라운 역할을 해낼 것이다.

생활 속 음악 녹이기 프로젝트

음악이 스며든 날들

The Moment Colored by Music

Happy Evening with Music

악기 하나 정도 배워두기
—세상이 달라 보인다

관심이란 무섭다. 특정 사물 혹은 주제에 관심이 집중되기 시작하면 삼라만상은 일종의 흐름을 갖게 된다. 도서관을 거닐다 무심코 집어든 책이 고민에 대한 해답을 보여주기도 하고 평범한 영화 한 편이 참신한 아이디어를 던져주기도 한다. 성찰로 해탈의 경지를 꾀하는 불가(佛家)의 수행도 그 토대는 한 주제에 대한 끊임없는 관심이 아닐까 한다. 음악을 좋아하게 되고 음악에 접목할 수 있는 슬거운 일들을 손꼽아 보다가 음악이 할 수 있는 일들에 대해 생각했다. 단순한 행복감을 넘어 삶을 지탱하게 하는 버팀목이 될 수는 없을까. 포기하고 싶은 인생을 다시 살게 하는 마법의 묘약이 될 수는 없을까. 나의 관심은 우연히 미국 시사 프로그램을 보다가 빛을 발했다.

2008년 봄, 인터넷으로 미국 CBS 뉴스 방송의 인기 시사 프로그램 「60 Minutes」를 시청하고 있었다. 이미 유명세를 탄 지휘자라는데 도무지 멋스러운 구석을 찾을 길 없는 곱슬머리 청년 하나가 나타났다. 구스타보 두다멜(Gustavo Adolfo Dudamel Ramirez). 1981년, 베네수엘라 바퀴시메토에서 태어나 라틴 아메리칸 아카데미에서 바이올린을 배우며 음악계에 입문했단다. 16세 때부터 배우기 시작한 지휘로 2004년 밤베르크 심포니 주최 구스타프 말러 지휘 콩쿠르에서 수상하면서 세계무대에 등장하게 되었고, 2009년부터 LA 필하모닉 상임 지휘자로 부임하게 되었다는 내용이었다.

'어린 나이에 확실하게 자리를 잡았군!' 20대 청년의 놀라운 활약은 기대감과 부러움을 불러일으키기에 충분했다. 단지 그 정도였다. 핵심은 바로 다음 순간에 이어졌다. 시사 프로그램을 보다가 감동에 겨워 눈물을 뚝뚝 흘리는 상황이 일어난 것이다. 「60 Minutes」는 청년 두다멜이 이끄는 베네수엘라 국립 청소년 오케스트라 「시몬 볼리바르 유스 오케스트라」가 어떤 사회적 기반을 딛고 성장했는지 보여주었다.

30여 년 전, 베네수엘라 경제학자 출신 정치인 호세 안토니오 아브레우가 저소득층 청소년을 위해 음악 교육 프로그램을 창안했다고 한다. 「엘 시스테마(El Sistema)」가 그것이다. 국가적 차원의 지원으로 악기와 교습비는 무조건 무료다. 빈민가 어린이들을 중심으로 방과 후 활동 명목의 오케스트라들이 조직되어 왔던 것이다.

2008년 기준으로 「엘 시스테마」 음악 교육의 혜택을 받은 이들이 40만 명에 이른다고 했다. 구체적인 노력은 1인당 국민소득이 4천 달러에 불과한 베네수엘라에 청소년 오케스트라 130여 개, 직업 오케스트라 30여 개를 탄생시켰다. 범죄와 도박 등을 일삼으며 사회악의 근원이 될 뻔했던 아이들은 국가가 마련해 준 음악의 울타리 안에서 삶의 이유를 찾고 감사와 행복의 씨앗을 찾았던 것이다.

다음 장면, 레나(Lennar)라는 남자아이가 앵커와 마주하고 있었다. 한쪽 뺨에 칼날의 흔적으로 보이는 흉터가 제법 깊게 파인 모습이었다. 앵커가 아이에게 물었다.

"악기를 들고 처음 연주를 하게 되었을 때 어땠나요?"

레나는 대답했다.

"권총을 잡았을 때와는 아주 다른 느낌이었어요."

앵커가 다시 물었다.

"클라리넷과 오케스트라가 삶을 바꿔놓은 것 같나요?"

레나가 답했다.

"아주 많이요. 음악은 저에게 폭력을 쓰지 않고도 사람들과 소통할 수 있다는 걸 알게 해줬어요.(The music taught me how to treat people without violence.)"

상처 난 얼굴에 눈빛 속에는 공허함을 가득 담은 아이가 권총 대신 클라리넷을 잡았을 때의 만족감을 이야기하고 음악 때문에 인생이 달라졌다고 말했다. 더 무슨 설명이 필요하랴. 빈곤으로 피폐해진 일상, 덜 성숙한 판단력이 이들을 그릇된 길 위에 서게 했지만, 음악을 매개로 한 혁신적 제도와 아낌없는 지원은 이들이 딛고 서 있는 길 자체를 바꿔버렸다. 어둠과 폭력의 길에서 갖가지 선율이 쏟아지는 축복의 길로…….

「엘 시스테마」를 알게 된 2008년 겨울, 천재 청년 구스타보 두다멜이 이끄는 베네수엘라 국립 청소년 오케스트라 「시몬 볼리바르 유스 오케스트라」가 내한했다. 음악으로 거듭난 어린 영혼들의 모습은 어떤 것일까. 나는 콘서트 현장을 찾을 때면 으레 그래 왔듯 맨 앞자리 티켓을 예매했다. 세간의 이슈가 된 인물답게 두다멜은 음악에 대한 감흥을 지휘 동작에 녹이려는 듯 즉흥적인 동작으로 좌중을 열광시켰다. 극적인 느낌의 선율과 리듬이 이어질 때는 지휘대 위에서 펄쩍펄쩍 뛰어오르며 날갯짓하듯 팔을 움직였고,

한 곡에 속한 개별 악장들이 연주가 모두 끝났을 때에도 서둘러 팔을 내리지 않고 몇 초간 허공에 지휘봉을 정지시키고 있었다. 허공에 뜬 지휘봉은 내려올 줄을 몰랐고 청중들은 갈채를 보내기 위해 올린 두 손을 그대로 들고 있었다. 그 시간이 길어지니 어찌할 바를 모르는 청중들 일부가 웃음을 터뜨리기도 했다. 뒤늦게 몸을 돌려 인사를 하는 두다멜에게 그 젊은 감각과 끼를 칭송하는 엄청난 박수가 쏟아졌다.

두다멜의 창의력 넘치는 기획력과 오케스트라 단원들의 일사불란한 팀워크, 익살스러운 몸짓들은 앙코르곡 연주 때 종합 선물세트처럼 동시에 뿜어져 나왔다. 히트곡 「Mambo」 연주를 위해 무대로 모여든 단원들은 순식간에 베네수엘라 국기로 채색된 유니폼 점퍼 차림으로 변신했다. 연주 도중에 입을 모아 "Mambo!"를 외치고 제자리에 선 채 온몸을 한 바퀴 빙그르르 돌리기도 했다. 어떤 단원들은 연주석 위로 올라서서 통통 뛰기도 했고 이내 관객들을 향해 손을 흔들거나 윙크를 해댔다. 객석에서는 어느 틈엔가 사람들이 벌떡벌떡 일어섰다. 기립 상태로 박수를 치고 함께 웃으며 무대를 향해 손을 흔드는 사람들이 눈에 들어왔다.

곡이 끝나자 단원들은 입고 있던 베네수엘라 국기 디자인 점퍼를 벗어 객석으로 힘껏 던져주는 세리머니를 펼쳤다. 나는 맨 앞좌석에 앉아 있었음에도 눈앞으로 날아오는 점퍼를 재빨리 잡지 못했다. 한바탕 소동이 벌어지는가 싶은 순간, 무대 중앙에서 두다멜이 점퍼를 벗어들고 객석으로 내려왔다. 점퍼를 잡으려던 관객들은 이제 객석으로 내려온 두다멜을 자세히 보려고 이리저리 부대끼고 있었다. 나이가 지긋한 신사분 앞으로 걸어간 두다멜은 자신의 점퍼를 입혀주고는 기쁨에 가득 찬 얼굴로 가볍게 포옹했다. 그 모습을 지켜보는데 뭔지 모를 뭉클함이 느껴졌다.

나중에 알고 보니 그 노신사는 베네수엘라 「엘 시스테마」 교육현장에서 두다멜에게 지휘법을 전수해주었던 곽승 교수(대구 시립교향악단 상임 지휘자 겸 경희대 석좌교수)였다. 음악으로 거듭난 어린 영혼들의 무대는 그 자체만으로 감동을 주었고, 뒤늦게 알게 된 또 하나의 스토리 역시 큰 행복감을 느끼게 해주었다. 스승의 나라에서 관객들의 뜨거운 갈채를 받으며 멋지게 공연을 마친 두다멜의 심정도, 이국땅에서 가르침을 준 제자가 세계적인 지휘자로 성장해 무대에 나타났을 때 곽승 교수가 느꼈을 기쁨도 모두 음악이 대변해주고 있었다.

악기를 배움으로써 삶의 전환점을 맞이하게 된 사람들의 이야기는 이제 곳곳에서 찾아볼 수 있다. 대한민국 사람이라면 한 번쯤은 그 이름을 들어 보았을법한 이희아 양은 '네 손가락의 피아니스트' 라는 별명으로 더 많이 알려졌다. 선천적인 신체장애로 단 네 개의 손가락만을 갖게 되었고, 두 다리도 유아 시절에 절단했다. 딸의 막막한 장래를 염려하던 그녀의 어머니가 고심 끝에 택한 길이 피아노 교습이었다. 손가락 없는 아이가 피아노를 배우겠다고 나타났으니 당시 상황이 어떠했을지는 보지 않아도 짐작이 간다. 어디에서도 받아주지 않던 그녀를 책임지고 가르쳐 준 스승이 있었고, 손가락 끝에 물집이 잡히는 지옥 훈련을 거친 뒤, 그녀는 전국 단위 각종 대회에서 상을 휩쓰는 재원으로 성장했다. 올해로 스물일곱 살이 된 그녀는 많은 장애인에게 '역경을 딛고 꿈을 이룬 본보기'가 되어 희망을 주고 있으며 자선 음악회를 통한 수익금 기부로 봉사 활동에도 참여하고 있다.

평범한 사람들의 숨은 끼와 재능을 홍보해주고 여러 명의 연예계 스타를 발굴함으로써 유명해진 텔레비전 프로그램이 있다. 2010년 가을 어느 날에도 SBS 「놀라운 대회 스타킹」은 여느 때처럼 각계각층의 사람들을 무대로 불러냈다. 갖가지 재주를 선보이던 사람들 틈으로 별로 특별할 것 없어 보이는 꼬마 숙녀 채란이가 나타났다. 평범한 외모에 건들건들 장난을 쳐 가며 등장한 채란이는 발달장애를 겪고 있었다. 언어발달 속도가 늦고 낯선 환경에 대한 적응력도 떨어지는 채란이는 음악치료사의 도움을 받아 피아노의 세계에 입문했다고 한다. 숨어 있던 천재성을 발현시키기 시작한 채란이는 단 1년의 교습을 받고 단 3개월의 연습을 거쳐 쇼팽의 「즉흥 환상곡」을 연주해냈다. 그것도 연주곡 음을 듣는 것만으로 음계를 외워서 해낸 일이었다. 있을 수 없는 일이 눈앞에서 벌어지고 있었던 것이다. 채란이 또래 나이 때부터 약 5년 가까이 피아노를 배웠던 나도 쇼팽의 「즉흥 환상곡」 악보 앞에서는 엄두조차 내지 못했다. 치료의 형태로 시작된 악기와의 만남은 채란이 안에 내재해 있던 기막힌 재능을 끌어냈고 생애 처음 삶의 전환점을 만나게 해주었던 것이다.

심신 장애를 음악으로 극복해낸 사람들의 이야기가 우리에게 주는 메시지는 비교적 명확하다. 이희아 양처럼 피눈물 나는 노력을 바탕으로 존경받는 피아니스트가 되어보라는 조언이 아니다. 채란이처럼 천재성을 발견해서 유명세를 타는 것으로 장애의 아픔을 완화해보자는 권유는 더더욱 아니다. 음악을 통해 주목받는 위치에 서야 한다거나 세계만방에 이름을 떨쳐야 한다고 생각했다면 오산이다. 분명한 것은 희아 양이나 채란이 모두 지금처럼 유명인이 되지 않았다 해도 음악을 통해 진정한 삶의 기쁨을 느꼈을 것이란 점이다. 대중 다수의 뜨거운 칭송 없이 그저 평범한 사람으로 살고 있다 해도 이들이 가진 피아노에 대한 애정은 하루하루를 버티게 하는 힘이자 삶을 밝히는 등불이었을 것이다.

음악이 괴로움을 보듬는 힘을 가졌듯이 악기도 힘을 가졌다. 악기를 배움으로써 음악이라는 것을 이해하게 되고 사랑하게 되었을 때, 그녀들의 장애는 피땀 흘려 극복해내야만 하는 아픈 그 무엇이 아니라 감수할 수 있을 정도의 불편으로 모습을 바꾸었을 것이다.

정신과 전문의 양창순의 저서 『지푸라기가 되어주는 마음』을 읽다가 미국의 작가 줄리아 캐머런을 처음 알게 되었다. 이제는 셀프

리더십 전문 서적 『아티스트 웨이』의 저자로 유명한 캐머런은 사람의 용기에 대해 매우 인상적인 언급을 했다. 위험에 빠진 사람을 구하는 용기도, 어려운 일을 두고 솔선수범하는 용기도 아니었다. 그녀는 개개인의 삶 속에서 '무엇이든 시작하는 용기'가 얼마나 중요한지 이야기하고 있었다. 어느 날 누군가가 그녀에게 물었다.

"제가 지금부터 피아노를 배워서 잘 치게 되려면 몇 살이 되어야 하는지 아세요?"

그녀가 대답했다.

"네, 물론 오랜 시간이 걸리겠지요. 하지만, 피아노를 배우지 않아도 세월은 흐르고 그 나이를 먹는 건 마찬가지랍니다."

만학도들의 이야기는 더 이상 낯선 화두가 아니다. 환갑을 훨씬 넘긴 할아버지 할머니들이 손녀와 함께 초등학교 교실을 드나들

고, 젊어서 한글을 배우지 못한 이들이 구술 방식의 운전면허 시험에 도전한다. 자녀 모두 출가시키고 자유 시간이 많아진 어머니 아버지들이 실버 합창단을 결성하기도 하고, 성악이 좋아 혼자 노래 연습을 시작했던 영국의 휴대전화 판매원 폴 포츠는 이제 전 세계를 감동시키는 유명 스타가 되어 있다.

평균 수명이 늘어나고 퇴직 후의 인생이 길어지는 세상이다. 무엇인가 시작하기에 너무 늦은 나이라는 말은 이제 한갓 핑계에 지나지 않는다. 좋아하는 취미 거리를 생각해내고 이제 막 그 세계에 입문하기로 했다면 거침없이 도전해보길 권한다. 그때가 언제이든 너무 늦었다는 푸념은 어리석다.

음악과 함께하는 삶을 동경한 적이 있다면, 백발 성성한 노인이 되기 전에 한 번쯤 음악을 제대로 즐겨보고 싶었다면 악기를 배워보라고 이야기해주고 싶다. 생활 여건에 비해 교습비가 터무니없이 많이 드는 악기를 골라선 안 될 것이다. 구하기 어려운 희귀 악기를 선택할 필요는 더더욱 없다. 수요가 많아 주변 지인들의 경험담을 쉽게 접할 수 있고 구매하기도 부담스럽지 않은 악기들을 물색해보자. 제일 먼저 떠오르는 것이 피아노가 아닐까 한다. 적어도 대한민국에서는 남녀노소 누구에게나 친근하게 회자되고 필수 교육 과정에서 가장 빈번하게 접하는 악기일 것이다. 디지털 피아노까지 고려하면 수십만 원 정도의 비용으로 구매할 수 있고, 다소 작은 부피의 제품들도 생산되고 있어 활용 여하에 따라 실내 배치의 어려움도 최소화할 수 있다. 비교적 수요가 많으니 가르쳐줄 사람을 구하는 것 역시 어렵지 않다.

낮 시간이 보편적으로 자유로운 경우라면 집 근처 피아노 교습소를 찾는 것이 적당하다. 음악 영재교육을 받는 유아들이나 초등학생 어린이들이 즐비하여 교습소를 드나들기가 심히 쑥스럽게 느껴질 수도 있다. 하지만, 동네 교습소 방문이 가장 쉬운 방법인 것만은 확실하다. 직장인이라 야간이나 주말에만 시간을 낼 수 있다면 아르바이트 삼아 피아노를 가르치는 음대생들의 도움을 받을 수도 있다.

나의 경우, 임신 기간 후반부에 접어들었을 때 피아노 교습을 받고 싶은 욕심이 생겼다. 입덧까지 심한 탓에 외출이 꺼려졌다. 구인 구직 정보지를 통해 집 근처 대학교에 다니는 피아노 전공자를 만났고 주 2회 집중 교육을 받았다. 어렸을 적에 기초를 어느 정도 닦아둔 데다 개인적으로 끊임없이 피아노 연주에 관심이 있던 터라 주 2회 교습만으로도 상당한 만족감을 얻을 수 있었다. 꼭 연주해보고 싶었던 곡들만을 선별적으로 배우게 되니 지루함이나 고단함 같은 것도 느낄 수 없었다.

악기를 배우려는 사람들이 많아지면서 근래에는 수요자와 공급자를 직접 연결해주는 유용한 인터넷 웹사이트들이 속속 개설되고 있다. 이런 곳의 경우, 교습 형태별로 상품 구매하듯 수강 신청을 할 수 있게 되어 있는데 예를 들면 A 선생님으로부터 피아노를 매회 1시간씩 주 3회 배우는 상품, B 선생님으로부터 바이올린을 매회 2시간씩 주 1회 배우는 상품 등을 고르는 식이다. 일단 신청을 마치고 간단한 전화 협의와 수강료 지급이 완료되면 선생님들이 직접 집으로 찾아와 악기 연주법을 가르쳐준다고 한다. 배움에 목말라 스승을 찾아 헤매는 눈물겨운 수고는 어느새 고리타분한 옛이야기가 된 듯하다. 마음만 먹으면 못할 일이 없다는데 요즘 세상은 계획만 적절히 세우면 추진하지 못할 일이 없을 만큼 편리해진 것 같다.

남편이 기타를 샀다. 파가니니의 음악을 아끼는 남편이 클래식 기타를 배워보겠다고 선언한 것이다. 학창 시절 상당한 수준의 회화(繪畫) 실력을 드러내며 미대 진학을 희망했지만, 가정 형편 및 여타 여건과 타협해 꿈을 접은 사람이다. 아쉬운 기억 탓인지 세월이 많이 흐르고 두 아이의 아버지가 된 지금까지도 "나는 절필한 사람이야. 평생 그림은 그리지 않겠어."라고 다짐하듯 말한다.

나 역시 일곱 살 어린 시절부터 베토벤의 음악에 심취해 그의 피아노 소나타들을 완벽히 연주해내는 피아니스트를 꿈꿨다. 그러다가 예술을 업(業)으로 삼아선 안 된다는 부모님의 지론과 타협했다. 음대 진학을 포기한 뒤 수년간 건반 위에 손을 올리지 않았던 것 같다. 인생 전체를 좌지우지하는 경험이라 말할 수는 없지만, 남편에게도 나에게도 예술계 입문의 꿈을 품었다가 떨쳐낸 작은 상처 같은 것이 남아 있다. 미술이든 음악이든 상관은 없다. 살면서 어떤 형태로든 그 욕구가 발현될 것임은 오래전부터 짐작하고 있었다.

"이왕이면 장인(匠人)의 손길이 느껴져야지!"

남편이 수제품 제작 전문 공방을 뒤져 기타를 사온 날, 나는 화장실에 숨어 잠시 눈물을 훔쳐냈다. '시작이 반' 이라는 말 대신 '시작이 곧 전부' 라고 믿는 나로서는 남편이 가져온 것이 화구가 아닌 기타였음에도 끊어진 붓이 다시 이어지는 듯 만족스러웠다. 시간을 쪼개야 할 것이다. 생업에 종사하고 가정을 돌보는 바쁜 일상 틈틈이 현을 뜯어야 할 것이다. 학원에 가거나 집에서 개인 교습을 받는 것은 꿈도 꾸지 않겠다 했으니 인터넷 동영상 강의 등을 통해 거북처럼 느릿느릿 기초를 다지게 될 것이다.

배움의 속도는 중요치 않다. 단숨에 일취월장하는 기쁨을 누리고자 악기를 배우는 것은 아니기 때문이다. 눈을 통해 악보를 읽어내고 손으로 한 음 한 음 짚어가며 귀로 그 선율을 듣는 기쁨은 생각보다 크다. 곁에서 누가 보아주지 않아도 좋고 들어주지 않아도 괜찮다. 전문 연주자의 완벽한 손놀림과 멋스러운 기교는 아니지만 내 연주를 내가 직접 듣는 재미 또한 쏠쏠하다. 그 작은 재미를 통해 남편이 예술에 대한 진한 감흥과 남몰래 느끼는 행복감에 젖어들 수 있다면 그것으로 감사한 일이다. 언제든 남편이 합주를 요청해 온다면 나는 기꺼이 피아노 앞에 앉아 정성껏 화음을 만들어 낼 것이다.

언제부터인가 습관처럼 수십 년 뒤를 상상하곤 한다. 백발의 노인이 되었을 때의 내 모습은 어떨까. 많은 시간을 기꺼이 할애하며 남은 기력을 쏟아 붓고자 하는 일이 있을까. 생업을 떠나 진정한 한가로움을 만끽할 때가 온다면 나는 글을 쓰거나 피아노를 치고 있을 것 같다. 두 가지 모두 손으로 해야 하는 일이니 치매는 저절로 예방되지 않을까 한다. 딸아이가 지금의 나처럼 삼십 대 중 · 후반의 나이가 되어 있을 것이고, 순리대로 세월이 흐른다면 귀여운 손자 손녀들이 피아노 주변에 둘러서서 두 눈을 반짝이고 있을 것이다.

그 나이에도 빠른 손놀림과 격정적 터치가 핵심인 베토벤의 「비창」 소나타 1악장이나 「월광」 소나타 3악장을 연주할 수 있을지는 잘 모르겠다. 다만, 아이들이 좋아하는 각종 동요와 텔레비전 만화 주제곡 정도야 예쁘게 편곡까지 해서 들려줄 자신이 있다. 할머니의 피아노 소리에 맞춰 작은 입을 동그랗게 벌리며 노래를 부르는 꼬마들을 상상해본다. 그 옆에 앉은 할아버지의 기타 소리에 맞춰 춤을 추는 천진난만한 몸짓들을 그려본다. 세상 어디에도 그 꼬마 천사들의 합창보다 아름다운 노랫소리는 없을 것이고 그보다 흐뭇한 광경을 찾기 역시 쉽지 않을 것이다.

노년기에 대해 행복한 상상을 할 때마다 젊은 날 공들여 악기 하나쯤 익혀두는 것이 얼마나 값진 일인지 재차 생각하게 된다. 그것이 무엇이든 상관없다. 하다못해 캐스터네츠 하나라도 들고 따닥따닥 노래에 맞춰 리듬을 만들어내는 연습을 해둔다면 그 노력은 분명히 빛을 볼 것이다.

베네수엘라의 「엘 시스테마」도, 네 손가락의 피아니스트 희아양도, 발달장애를 극복해 가고 있는 꼬마 음악가 채란이도 모두 악기를 접하면서 삶의 전환점을 맞이했다. 역경을 극복한 감동적 스토리들만이 그 전환점을 보여주는 것은 아니다. 이제부터 취미 삼아 악기를 배워보려는 당신에게도 어떤 형태로든 전환점이 찾아올 것이다. 피아노 건반을 만지고 기타의 현을 뜯고 플루트 관에 힘껏 호흡을 불어넣는 사이, 음악을 통한 배움의 기쁨과 정신적 풍요를 한껏 만끽할 수 있을 것이다. 단조로운 일상 속에 맞이하는 휴식시간이 더 이상 무료하지 않고, 홀로 있는 시간이라면 으레 악기를 매만지며 느긋한 충만감을 즐기는 사람이 될 것이다. 그 변화의 정도만큼은 더 행복해질 것이 분명하다.

리듬부터 즐겨보자 —가만히 못 앉아 있게 만드는 울림

어쩌면 우리는 모두 음악가다. 세상 빛을 보기 전, 생명이 움트던 그 자리에서부터 음악을 접한 사람들이다. 짧지 않은 시간, 자궁 속에 울리던 모체의 심박 소리와 우리 자신의 심박 소리가 절묘하게 어울렸을 것이다. 기본적으로 리듬감을 익히고 나온 사람들이다. 그래서일까. 때로는 선율 하나 없이 둥둥 울리는 타악기 연주에도 온몸이 들썩거리기 시작한다. 리듬의 흐름에 심박의 속도를 일치시키려는 듯 가슴이 뛰는 것을 느낀다.

2001년 봄, KBS 교향악단의 연주회 현장에서 홀스트를 만났을 때도 그랬다. 영국의 현대음악 작곡가 홀스트(Gustav Holst, 1874~1934)의 관현악 모음곡 「행성(The Planets)」을 직접 들었던 날, 강렬한 타악기의 울림에 매료되었다. 「행성」은 모두 7곡으로 구성되어 있었는데 각 곡에 행성들의 이름을 딴 부제가 붙어 있었다. 제1곡 화성(전쟁의 신), 제2곡 금성(평화의 신), 제3곡 수성(날개를 가진 신), 제4곡 목성(쾌락의 신), 제5곡 토성(노년의 신), 제6곡 천왕성(마술의 신), 제7곡 해왕성(신비의 신)이 그것이다.

나에게는 작곡자의 의도가 정확히 통하지 않았던 모양이다. 제목대로 광활하고 신비스런 우주의 모습이 그려지지는 않았다. 관현악곡들을 모아놓은 까닭도 있겠지만 특이하게도 그 주제가 인간 군상(群像)에 대한 것들로 다가왔다. 다사다난한 인간사, 흥망과 성쇠가 반복되는 세상만사, 봄에서 겨울로 이어지는 시간의 흐름 등이 선율을 타고 파노라마처럼 이어졌다.

특별히 기억에 남았던 곡은 역시 제4곡 목성이었는데, 1990년대 어느 때인가 MBC 「뉴스데스크」 오프닝 음악으로 쓰였던 영향이 큰 것 같다. 7곡 가운데 그 구성의 변화가 가장 다채로운 곡으로 알려져 있기도 하다. 호른 소리가 곡 전체를 지배하는 가운데 타악기들이 연이어 등장한다. 큰북과 작은북이 두두두두 소리를 내며 감정을 고조시켜 가곤 했다. 그러다가 절정에 이르는 순간마다 팀파니와 심벌즈가 한 차례씩 등장해 "둥! 챙!" 하는 소리로 곡의 단계들을 마무리 지어갔다. 강한 리듬감 때문이기도 하겠지만 빠른 흐름 속에도 장중한 기운이 유지되고 있었다.

후에 알고 보니 관악기들의 종류가 다양했다. 기존 옥타브보다 낮은 음역을 사용하는 베이스 트롬본, 베이스 튜바, 베이스 클라리넷, 베이스 파곳 등이 이 곡에 사용되었다고 한다. 그럼에도, 오케스트라 연주라 하면 으레 떠오르는 차분함이나 딱딱함은 상당히 완화되어 있었다. 다른 공연에서 자주 볼 수 없었던 여러 종류의 악기들은 연주자들의 몸짓을 보다 친근한 무엇으로 바꿔놓은 듯했다. 심벌즈와 트라이앵글, 탬버린과 철금, 첼레스타와 목금, 징처럼 생긴 탐탐까지…….

초등학교 6학년 봄, 문화 한마당 공연을 관람하기 위해 구민회관을 찾았다. 문화 예술 현장을 다녀와서 감상문을 제출해야 했던 것 같다. 너무 오래된 일이라 다 기억할 수는 없지만, 마지막 순서를 장식했던 사물놀이 악단의 무대는 20년이 넘게 흐른 지금까지도 생생하다. 꽹과리, 장구, 북, 징이 만들어내는 리듬이 무척이나 빠르고 역동적이었다. 멍하니 앉아 있던 나는 연주가 중반으로 넘어갈 무렵부터 몸이 저절로 흔들리고 있음을 알아차렸다. 끄덕끄덕 대답하는 모양으로 고개를 흔들고 까딱까딱 발목을 움직이며 박자를 맞추고 있었다. 함께 온 친구들 몇몇이 비슷한 모양으로 몸을 움직이고 있는 것을 보면서 까르르 웃음보가 터졌다. 한바탕 웃고 나서도 박자 맞추기는 계속되었고, 어느 틈엔가 관객들 대부분이 같은 식으로 흥을 돋우고 있음을 알았다. 넘실대는 객석은 그렇게 신명의 경지에 빠져들고 있었다. 그날, 몸의 흔들림조차 제어할 수 없는, 아니 제어하고 싶지 않은 무아지경의 쾌감이 곧 사물놀이의 매력임을 알게 된 것 같다.

어린 시절, 구민회관 사물놀이 무대를 통해 처음 느꼈던 무아지경과는 비교할 수 없지만, 상당히 흡사하게 흥에 겨웠던 공연이 있다. 남편과 함께 본 「난타(NANTA)」는 한동안 우리 집 주방을 시끄럽게 만들었다. 「난타」를 생각할 때면 아무 물건이나 붙들고 두들겨보고 싶어졌던 까닭이다. 배우 송승환의 기획으로 제작되어 이제는 전 세계를 떠들썩하게 하는 성공작이다.

이미 영국에서 다이내믹한 리듬으로 인기를 끈 「스톰프(Stomp)」나 「튜브(Tubes)」 등 비언어적 뮤지컬 퍼포먼스를 모방했다고 한다. 배우들의 익살스러운 몸짓 연기, 강약과 완급이 조화를 이룬 두들김의 향연이 일품이다. 갖가지 주방 도구들을 기본 소품으로 하여 빠른 속도로 두들기고 내리찍고 흔드는 사이에 요리가 완성된다.

나는 맨 앞자리에 앉아 있었던 덕분에 도마 위로 튀어 오르는 양파, 당근, 오이 조각들을 비교적 자세히 관찰할 수 있었고 식재료들의 냄새를 맡을 수 있었다. 도마에 부엌칼 부딪는 소리가 그처럼 경쾌할 수 있다는 것이 마냥 신기했다. 어린 날 그랬던 것처럼 고개를 흔들고 발을 구른 것은 물론이고, 결국 집에 와서도 요리 도구 몇 가지를 꺼내놓기에 이르렀다.

가족 모두가 밖에 나가고 잠시 혼자 있을 수 있게 된 시간, 나만의 「난타」가 벌어졌다. 처음에는 두들기는 속도를 너무 빠르지 않게 하여 규칙적으로 탁 탁 탁 탁 소리를 내는 것으로 시작하였다.

그러다가 덩 덩더 쿵더 하는 세마치장단을 얹어 점점 더 그 속도를 높여 보았다. 손목의 움직임으로 시작한 DIY 「난타」 공연은 이내 어깨의 들썩거림과 엉덩이의 흔들거림, 과격한 헤드뱅잉으로 이어졌다. 노랫가락 한 소절도 필요 없었고 그럴싸한 배경음악도 거추장스러울 정도였다. 사물놀이 장단으로 신명의 경지를 경험했던 어린 시절이 부엌에서 재현되고 있었다. 누구든 보았다면 광인의 몸짓이라 여기지 않았을까 한다.

절로 춤추고 싶어지는 한국적 리듬의 미(美)는 한국인의 정서를 넘어 세계인의 정서를 아우르고 있음이 분명하다. 「난타」가 일궈낸 결과들이 이를 증명한다. 스코틀랜드 에든버러 연극제 및 뉴욕 브로드웨이 공연에서의 전석 매진 쾌거, 국내 「난타」 전용관 개설 및 「어린이 난타」 기획 등이 그렇다. 꾸며지지 않은 인간 본연의 흥은 가장 먼저 두드림을 통해 표출되었을 것이다. 선율 악기는 상상도 할 수 없었던 태곳적부터 사람들은 그 시절 나름의 「스톰프」와 「튜브」, 「난타」를 엮어내고 있지 않았을까 생각해본다.

가수 박진영이 좋았다. 그가 보여주는 무대 매너와 끼 때문은 아니었다. 어딘가 두드러지는 외모 때문은 더더욱 아니다. 여중생 시절, 그가 처음 「날 떠나지 마」를 들고 나와 대중의 이목을 집중시키기 시작했을 때부터 나는 그가 특별하다는 것을 짐작했다. 앞뒤로 기묘하게 몸을 흔드는 춤을 추며 노래를 부르는데 문득 '리듬을 탄다' 는 문장이 떠올랐다. 다른 가수들이 멋지게 안무를 하여 춤을

췄다면 박진영은 곡 안에 중독적 리듬을 심어두고 그것을 타고 있었다. 중독적이라 표현한 까닭은 그가 택하고 만든 가요들 안에 대중을 끌어당기는 마력이 느껴졌기 때문이다.

「날 떠나지 마」 이후 「엘리베이터」, 「그녀는 예뻤다」, 「Honey」, 「난 여자가 있는데」, 「니가 사는 그 집」 등으로 이어지는 그의 디스코그래피를 보건대, 히트곡들의 핵심은 모두 리듬이었다. 기교하고 현란하게 느껴졌던 안무들 역시 그 매력적인 리듬에 이리저리 몸을 맡기는 데서부터 출발한 것이었다. 늘 자유주의자임을 강조하며 그 사상에 관한 글을 쓰고 다방면으로 행보를 넓혀가는 그를 보면서도 '주위를 의식하지 않고 자기 삶의 리듬을 잘 타는 사람'이라는 생각이 들었다. 엔터테인먼트 회사의 얼굴이 되고 이제는 국민스타를 넘어 한류스타로 자리매김한 GOD나 비, 박지윤, 원더걸스, 2AM, 2PM 등의 가수들을 키워냈다. 어느새 미국 음반 시장에 진출한 그는 작곡가 및 프로듀서로서의 자리를 굳건히 지켜내고 있다.

언젠가 박진영은 리듬에 대한 나의 관념을 비교적 명확하게 정립시켜주었다. 모 TV 방송 프로그램에 출연한 그는 내 생각을 읽어내기라도 한 듯 "리듬을 타세요. 몸을 맡기고 솔직하게 흔드세요."라 설명했다. 이윽고 음악의 리듬을 탈 때 사용해봄직한 기초적 몸짓들을 보여주고 있었다. 텔레비전을 보던 나는 이내 브라운관 속으로 뛰어들 듯 바짝 다가앉아 그 몸짓들을 하나둘 따라 했다.

그가 제안한 몸짓은 상체, 그중에서도 고개와 어깨 흔들기가 주를 이루고 있었다. 박자에 맞춰 고개를 끄덕이듯 위아래로 까딱거리는 것인데, 처음에는 그 폭을 크게 하지 않는다. 그렇게 점점 흔드는 폭을 크게 만들면서 위아래로 끄덕이던 동작에 좌우로 흔드는 동작을 가미한다. 고개 흔들기에 이어 어깨를 들썩이는데 이때는 특별히 방향을 정해놓지 말고 맘껏 움직이면 된다. 양쪽 어깨를 번갈아 들썩거려도 좋고, 한쪽만 집중적으로 움직여 박자를 맞춰도 괜찮다. 고개와 어깨의 움직임이 어느 정도 일체가 되었다 싶으면 그 상태로 박수를 쳐본다. 손가락을 튕겨 딱딱 소리를 내봐도 좋겠다. 가벼운 동작이 익숙해지면 슬며시 자리에서 일어난다. 서 있을 때는 두 다리가 자유로우니 양쪽 발끝으로 번갈아 바닥을 찍어보거나 무릎을 구부려 움직이며 트위스트 동작을 연출해본다. 박수 치기와 손가락 튕기기를 지속하되, 양팔을 높이 치켜들어본다.

어느 틈엔가 당신은 저절로 헤드뱅잉을 하고 있을지 모른다. 리듬 타기 놀이가 어느 정도 반복이 되어 그 분위기가 무르익으면 굳이 순서를 생각할 필요가 없어진다. 음악에 몸을 맡긴 채 온몸을 자유자재로 흔드는 자신을 발견하게 되는 그 순간, 당신은 리듬을 타고 있는 것이다.

처음 이 놀이를 시작한 사람이 전신 거울을 보게 된다면 실망할 수도 있다. 적어도 내 경우에는 그랬다. 소위 관광버스 아줌마 춤이

POP
IDLE

없으니 말이다. 하지만, 놀이도 훈련을 거치면 진화한다. 스트레스를 풀 때, 그냥 음악을 듣는 것에서 벗어나 리듬을 타면서 듣다 보면 어느새 그 움직임이 몸에 녹아드는 듯한 느낌을 받게 된다. 멋스럽진 않아도 그런대로 만족스러운 나만의 몸짓이 되는 것이다. 관광버스에서 격렬히 몸을 흔드는 아줌마 춤이라면 또 어떤가. 규칙적인 리듬과 선율을 타는 동안 어떤 식으로든 당신의 숨은 끼가 발산된다. 뭐라 콕 짚어 말할 수 없는 재미에 남몰래 웃음을 터뜨리게 될지도 모른다. 그것이 내가 체험한 리듬 타기의 매력이다. 단 5분이든 10분이든 상관은 없다. 당신의 스트레스, 근심과 걱정이 잠시나마 그 고약한 기운을 잃고 리듬 속에 파묻혀버릴 수만 있다면 그것으로 충분하다. 몸을 흔드는 사이, 그 개운치 못한 것들을 모조리 떨어버리기 위해 노력할 새 힘을 곧 얻게 될 테니 말이다.

「바람과 함께 사라지다」의 한 장면을 생각한다. 1936년, 원작으로 퓰리처상을 받고, 영화 속 주인공 역을 맡은 여배우 비비언 리의 미모가 회자되곤 하는 세기의 화제작이다. 남북전쟁 이후 사랑과 이별, 성숙을 경험하며 시대적 배경을 극복해가는 미국 남부 여인의 삶이 그려졌다. 이렇게 규모가 큰 작품을 두고 정작 오래도록 기억하고 있는 것은 여주인공의 엉덩이춤이다. 참 생뚱맞지만, 그 엉뚱한 장면은 여주인공 스칼렛 오하라의 성격과 음악에 대한 흥취를 너무도 잘 묘사하고 있었다.

첫 남편 찰스가 전쟁터에서 죽어 상중(喪中)에 있는 그녀가 검은

드레스를 차려입고 파티 장소에 등장했다. 파티 참석만으로도 이미 구설수의 대상이 된 데다 근신해야 하기에 선뜻 중앙으로 나서서 춤을 출 수는 없는 상황이었다. 뾰로통하게 연회에 온 사람들을 둘러보는데 마침 민속풍의 흥겨운 음악이 흘러나왔다. 어느 틈엔가 상복 차림의 그녀가 엉덩이를 씰룩거리기 시작하는데 그 뒷모습이 가관이었다. 앞으로 숙여 테라스에 기댄 상체는 그런대로 기품 있게 도리를 지켜내는 듯한데, 하체는 리듬에 맞춰 양옆으로 위아래로 정신없이 흔들리고 있었으니 말이다. 결국, 남자주인공 클라크 케이블(레트 버틀러 분)의 눈에 띄어 소원대로 한바탕 춤을 추게 되는 장면이었다.

역시 리듬의 미력은 사람을 가만히 놓아두지 않는다. 음악을 듣다가 잘 의식하지 못하는 사이 몸을 흔들어 박자를 맞추고 있는 자신을 발견할 때가 있다. 참 고약한 것은 가끔 그 흥이 때와 장소를 가리지 못하고 슬그머니 몸을 지배해버릴 수도 있다는 것이다. 그래서 우리도 이따금 스칼렛 오하라가 되곤 한다. 사무실 책상을 마주하고 일에 열중하다가 동료의 휴대전화 벨소리로 흘러나온 걸쭉한 트로트에 잠시 몸을 맡길지 모른다. 애인에게 차여 눈물로 푸념 보따리를 풀어헤친 친구 앞에서 카페 가득 울려 퍼지는 록음악에 정신이 팔릴지 모른다. 발목을 까딱거리고 고개를 흔들거릴지 모른다. 절로 리듬을 타는 당신의 모습을 누군가 우연히 보게 된다면 그 순간엔 당신도 스칼렛 오하라가 되는 셈이다.

자, 그럼 본격적으로 리듬을 타보자. 작정하지 않아도 우리는 이미 생활 속에서 리듬을 탄다. 술자리에서 흥을 돋우려고 젓가락을 들어 상 한 귀퉁이를 탁탁 두드려본 적이 있을 것이다. 노래만 시키면 온몸을 꼬아대며 늑장 부리는 동료에게 "안 나오면 쳐들어간다."며 박수로 장단을 맞춰준 적이 있을 것이다. 주부인 나는 청소를 하거나 빨래를 개킬 때, 부엌에서 음식을 만들거나 설거지를 할 때 대부분 음악을 틀어둔다. 장르는 가리지 않는다. 그래서 집 거실의 배경음악은 나의 기분에 따라 클래식과 대중가요, 록음악과 동요를 넘나든다. 그 가운데 일부러 의식하지 않아도 몸으로 박자를 맞추게 하는 음악들이 있다. 그 음악의 빠르기가 모데라토

(moderato)이든 프레스토(presto)이든 상관은 없다. 아주 느린 곡들만을 제외하고는 상당수의 음악이 리듬을 타기에 좋은 흐름을 가진 듯하다.

"그래서? 그래서 어떤 음악들이 그렇게 너를 흔들더냐?"고 묻는 독자들을 위해 우리 집 거실 배경음악 몇 곡을 소개하고자 한다. 넘치는 게 음악이라 박자를 맞추기 좋은 곡들을 모조리 찾아 열거하자면 헤아릴 수 없을 것이다. 목록에 속한 것들은 특별히 나로 하여금 리듬을 타게 한 곡들이다. 역시 주관적인 자료이니 참고하기 바란다. 적당히 빠른 곡부터 아주 많이 빠른 곡까지 골고루 섞여 있으니 괜스레 흔들고 싶어질 때 활용해보면 괜찮을 것이다. 리듬에 푹 빠져 있는 몇 분간 심신은 몰라보게 충전되어 있을 것이다.

〈리듬을 타기에 좋은 음악〉

아티스트	곡명
Superstition	Stevie Wonder
Part Time Lover	Stevie Wonder
Fantasy	George Michael
Lust for Life	Iggy Pop
Will You Be There	Michael Jackson
Billie Jean	Michael Jackson
Beat It	Michael Jackson
Vogue	Madonna
Brave	Jennifer Lopez
As Long As You Love Me	Backstreet Boys
Pump It	Black Eyed Peas
Underneath Your Clothes	Shakira
With Or Without You	U2
Something About Us	Daft Punk
Emotions	Mariah Carey
빨간 우산	김건모
잠 못드는 밤 비는 내리고	김건모
이브의 경고	박미경
그녀는 예뻤다	박진영
Honey	박진영
약속	GOD
Dash	백지영
추락	백지영
파란	코요태
토요일 밤에	손담비

1년에 하루쯤은 직접 느껴봐 —공연장으로 Go Go!

“사랑하면 알게 되고 알게 되면 보이나니, 그때에 보이는 것은 전과 같지 않으리라.”

옛 현인들이 남긴 숱한 명언들을 접할 때면 그 어절 하나하나가 지금의 내 생활이나 가치관에 어떻게 적용될 수 있을지 고민하게 된다. 조선 정조 시대 문인 유한준(兪漢雋)의 말을 서른 살이 되어 접했을 때 나는 공연 문화에 흠뻑 취해 있었다. 그래서일까. 그 주옥같은 글귀는 내게 간접 경험과 직접 경험에 대해 다시 생각하게 하였다.

간접 경험을 쌓을 기회의 폭이 커져만 간다. 서점을 한 바퀴 돌며 집어든 책 몇 권으로 생전 구경조차 못한 여행지들에 대해 줄줄이 읊을 수 있게 된다. 직접 만나본 적 없는 유명인들의 성장 과정을 절친한 지인이라도 된 것 마냥 거침없이 설명하기도 한다. 컴퓨터를 켜고 인터넷 검색창에 몇 단어 입력만 하면 다양한 자료들이 주체할 수 없을 정도로 쏟아져 나온다. 만들어진 시간 순서대로 혹은 네티즌들의 관심을 반영한 인기도 순으로 자료를 정렬할 수도 있다. 정보의 홍수, 간접 경험 홍수의 시대다. 그러나 더러는 반드시 직접 경험을 통해 보고 듣고 그 진한 흥취를 느껴야 하는 때가 있는 법이다. 공연 문화가 그러하다. 책으로, 텔레비전으로, 인터넷 동영상으로 백날 설명해봐야 현장에 직접 가서 느끼지 않는 한 그 어떤 작품도 제대로 안다고 할 수 없다.

오케스트라 지휘자나 연주자들, 단독 음악회를 여는 피아니스트나 바이올리니스트, 성악가들을 보고 한 가지 편견을 가진 적이 있다. 으레 검은색 정장이나 윤기 흐르는 드레스를 입고 말끔한 모습으로 등장할 것이라는 생각을 했다. 그런데 2007년 봄, 서른 살이 되는 것을 스스로 기념하며 찾은 콘서트홀에서 나는 겉멋과는 전혀 무관한 백발 마녀를 목격하고 말았다. 마르타 아르헤리치. 피아노의 여제(女帝)로 불리는 아르헨티나 출신의 피아니스트다. 그녀는 희끗희끗한 머리를 제대로 빗지도 않은 듯 풀어헤치고 나타났다. 빛나는 액세서리 하나 달지 않은 검은 드레스 차림에 화장기 없는 얼굴로 활짝 웃으며 인사했다. 음악회 관람을 앞두고 그녀의 연주 음반을 들어보았던 나는 '저 여자가 그걸 피아노로 쳤단 얘기야?' 하는 생각에 몇 차례 자세를 고쳐 앉았던 것 같다.

무대 위 두 대의 피아노를 사이에 두고 보조 연주자와 마주 보듯 앉은 그녀는 겉멋 운운하며 무대를 쏘아보던 나를 일시에 무장 해제시켰다. 쇼스타코비치의 「두 대의 피아노를 위한 콘체르티노 A 단조(Concertino for Two Pianos in A minor Op.94)」는 60대 할머니 피아니스트의 손에서 그 장중함의 절정을 이뤄낸 듯했다. 빠른 속도로 강렬한 터치를 이어가는데 단 하나의 음도 흐트러지지 않았다. 앙다문 입술에 힘을 주어 이따금 쫑긋대는 표정이 눈에 들어왔다. (역시 앞좌석이 좋기는 좋다.) 음악인 본연의 꾸밈없는 자세였다고 해야 할까. 보조 연주자와의 호흡도 대단했지만 스스로 심취해 무대도 객석도 아랑곳없는 모습이 감동적이었다. 집에 돌아가면 꼭 한 번 그녀와 흡사한 모습으로 열중해서 피아노를 쳐보겠노라 다짐하기까지 했다.

마르타 아르헤리치의 이름으로 검색되는 무수한 자료를 살펴보았다. 그러다 발견한 그녀의 젊은 날 모습은 샘이 날 정도로 아름답고 사랑스러웠다. 반복된 이혼으로 남모를 상처를 간직하고 있을 그녀는 수수한 차림, 풀어헤친 긴 머리, 열정을 지닌 표정을 그대로 유지한 채 앳된 미녀에서 백발의 할머니로 변해 있었던 것이다. 긴 세월의 흔적을 피아노에 묻고 그렇게 평생 음악과 함께 호흡해 온 사람이었다. 우연한 기회로 티켓을 예매하게 된 공연이 피아노의 여제를 알게 했고 그녀의 삶을 알게 했다. 이후 지금껏 감상해 온 그녀의 음반들은 그녀를 알기 전에 들었던 음반들과는 확실히 다른 소리를 내고 있다.

친정어머니가 환갑을 맞이하던 해 어버이날. 간만에 대학로로 향했다. 평소 전생자매(前生姉妹)로 불릴 만큼 격의 없이 마음을 열고 살아온 우리 모녀는 예년 찾아오던 어버이날과 조금은 다른 시간을 보내기로 했다. 고민 끝에 택한 환갑특집 계획은 뮤지컬 관람이었다. 끈끈한 가족애를 소재로 꾸며진 소극장 뮤지컬 한 편을 만날 수 있었다. PMC 프로덕션, 장유정 연출 「형제는 용감했다」. 마침 아마추어 무대 참여 시 연기 및 노래를 지도해 준 뮤지컬 배우 정수한 선생님께서 상당히 비중 있는 역(유림 이춘걸 분)으로 출연하고 계셨다. 작품 속에서는 자칫 고리타분하고 딱딱한 느낌이 들 수 있는 옛 종갓집, 제사, 전통 장례, 유림의 가치관을 소재로 삼고 있었다. 그러나 첫 장면부터 중반까지는 박장대소를, 극의 중반부터 마지막 커튼콜 장면까지는 눈물을 거둘 수 없었다. 재치와 개성이 넘치는 솜씨로 소재들을 잘 주물러놓은 명작이었다.

안동 양반집 가계들이 집을 떠나 곳곳에서 미덥지 못한 모습으로 살다가 부모님의 부고를 전해 받고 고향으로 내려온다. 시종일관 티격태격 싸우며 감정의 골이 깊어진 형과 동생은 우연히 아버지의 유산에 대해 듣게 된다. 아버지가 집안 어딘가에 1등 당첨 로또 복권을 숨겨두었을 것으로 생각한 형제는 조문객들을 따돌리고 대문을 걸어 잠근 채 온 집안을 샅샅이 뒤진다. 그 과정에서 어머니의 일기장을 발견하게 되고 플래시백 형식으로 한 시절 한 시절을 짚어간다. 오해가 풀리고 부모님의 깊은 사랑을 깨닫게 된 형과 동생이 진정한 우애를 회복해가는 내용이다.

이미 오래전 할아버지 소릴 듣게 되었을법한 유림이 도포 자락을 거침없이 휘날리며 춤을 춘다. 늙수그레한 몸으로 힙합과 랩에 뛰어들었으니 재차 회상해도 웃음이 터진다. 장례를 소재로 하는 만큼 무대는 때때로 귀신들의 존재를 드러내는데, 소극장 뮤지컬의 특성상 그 오싹함이 효과적으로 전달되었다. 맨 앞자리에 앉아 있던 나는 무대와 너무 가까운 나머지 직접 타임머신을 타고 이야기 속 과거와 현재를 넘나드는 것과 같은 착각에 빠졌다. 커튼콜 무대 인사 때는 아마추어 공연 때의 인연으로 지인이 된 배우와 아예 몇 초간 마주 보고 개인적으로 눈인사를 주고받기까지 했다. 이전까지 「지킬 앤 하이드」, 「맨 오브 라만차」, 「노트르담 드 파리」와 같은 대형 뮤지컬에 열광해오던 나에게 「형제는 용감했다」는 소극장 공연의 매력을 다시 생각하게 해주었다.

맨 앞좌석 내지는 앞에서 다섯 번째 줄까지만 고집하는 나로서는 수십만 원의 티켓 값을 감당해야 하는 대형 공연이 때로 부담스러웠다. 「형제는 용감했다」를 만끽하고 그 여흥을 돋우기 위해 한동안 「쓰릴미」, 「뮤직 인 마이 하트」, 「싱글즈」 등 여러 편의 소극장 뮤지컬을 감상했다. 소극장 공연의 경우, 문화생활비 명목으로 모셔둔 쌈짓돈을 탈탈 털어낼 필요도 없고 예술인들의 표정과 움직임을 생생하게 만날 수 있다는 점이 좋았다. 무대와 객석의 거리가 가깝고 배우와 관객이 자연스럽게 눈빛을 주고받을 수 있을 때 그 교감이 극대화되는 것은 의심의 여지가 없었다. 이후 감상 장르를 뮤지컬에 국한하지 않고 소극장 무대에 오르는 연극, 대중가요 콘서트 등을 두루 찾아다녔다.

무대 위에서 벌어지는 모든 일을 가감 없이 볼 수 있기에 더러는 예상치 못한 실수의 현장을 목격하기도 했다. 열 명 이상 뛰어나와 일사불란한 군무를 이어가다 한두 명씩 반대 방향으로 움직이거나 넘어지기도 한다. 가수들의 경우, 고음의 절정을 향해 옥타브를 올려가다가 이내 진성과 가성의 경계에서 파르르 떨리는 소리를 내기도 한다. 앞좌석에 있으니 순간적으로 푹 튀어나오는 웃음은 금물이다. 얼마나 민망스럽고 난처할까 안쓰러운 마음이 들어 손톱으로 손등을 꾹꾹 눌러보지만 이내 참지 못하고 피시식 웃음을 흘릴 때도 있었다. 소극장 공연의 묘미라고나 할까. 몰입의 정도가 깊은 만큼 완성도가 모자랄 때는 가차 없이 그 구멍이 드러난다.

그만큼 소극장 무대에 서는 예술인들은 연기와 노래 연습에 혼신의 힘을 기울여야 하고 컨디션 관리에도 신경을 써야 할 것이다.

한번은 어떤 남자 배우가 온전치 못한 컨디션으로 무대에 올랐던 탓인지 대사 사이사이 코를 훌쩍거렸다. 플롯 상 다소 슬픈 분위기가 연출되고 있던 터였다. 감기 기운이 명백함에도 미처 눈치채지 못한 일부 관객들은 극에 대한 배우의 몰입도를 칭찬하며 손수건을 꺼내기도 했다. 나름의 특색과 장점이 있지만, 무대 규모에 대한 선호도를 묻는다면, 당분간은 소극장을 택할 것 같다. 음악과 이야기가 있는 생생한 교감의 현장에서 배우들이 내딛는 발소리를 듣고 가수들의 머리카락에서 뚝뚝 떨어지는 땀방울을 보고 싶다.

무대 규모의 대소와 무관하게 한 장르 혹은 특정 음악가의 곡에 매료되는 경우도 있다. 공연 기획사들은 관객들의 이런 심리와 취향을 잘 고려하여 무대를 마련한다. 마케팅적 측면과 무관하게 예술인들 개개인이 평생을 꿈꾸고 계획하여 비로소 결실을 보는 무대들도 있다.

2007년 겨울, 웬만한 수식어로는 그 감동을 표현하기 어려운 무대를 만났다. 백건우 베토벤 피아노 소나타 전곡 연주회가 그러했다. 30년 가까이 베토벤을 사랑했던 나에게 백건우 씨의 연주는 일종의 오아시스였다. 나보다 더 깊이 베토벤의 음악을 사랑하고 더 오랫동안 그의 피아노 소나타를 연구했다. 건반 위의 구도자로 불리는 이 피아니스트는 60세가 되는 해 겨울, 무려 7일 동안 베토벤의 피아노 소나타 32곡 전곡을 연주하였다. 무대를 가까이에서 접하고 싶은 마음이 맨 앞자리를 넘어 아예 무대 위로 솟아올랐다. 절친한 친구와 함께 합창석을 예매했고 물리적으로 정말 가장 가까운 거리에서 백건우 씨의 뒷모습, 건반 위로 춤추듯 움직이는 손가락을 볼 수 있었다.

하루하루가 환희였다. 32곡, 악장마다 스며 있는 작곡가의 혼을 이해했을 것이다. 선율의 흐름에 담긴 이야기들을 읽어내고 연주자 자신의 혼을 담아 한 음 한 음 짚어냈을 것이다. 얼마나 많은 시간을 공들여 공부하고 연습했을지, 얼마나 피땀 흘려 마련한 무대인지 굳이 설명을 들을 필요가 없었다. 「21번 발트슈타인」과 「23번 열정」, 「14번 월광」, 「8번 비창」과 「17번 템페스트」 등 음반으로 자주 접하거나 직접 연습해본 곡들이 울려 퍼질 때는 그 감동이 절절에 달했다. 그때마다 연주자의 등을 보면서 눈물을 쏟았다. 나와 같은 생각으로 합창석에 앉아 있던 이들이 상당수였던 것 같다. 각자 감동의 극치를 경험하는 곡이 달랐을 터. 힘이 넘치는 연주자의 피아노 소리 사이사이, 박수갈채 사이사이, 한 악장에서 다음 악장으로 이어지는 침묵의 시간까지 곳곳에서 흐느끼거나 훌쩍이는 소리가 들렸다.

연주자에게나 관객에게나 다시 만나기 어려운 무대였다. 다시 만난다 해도 같은 연주자가 아닐 것이며 같은 연주자가 유사한 기회를 만든다 해도 처음 만들어낸 감동과 같지 않을 것이다. 백건우 씨의 연주회는 공연 현장을 직접 찾을 때의 감동이 얼마나 진하고 생생한 것인지 보다 극명하게 깨닫게 해준 무대였다.

마르타 아르헤리치의 연주회를 통해 서른 살의 봄을 기념하고 어버이날 데이트로 소극장을 찾고, 베토벤과 그의 음악을 기리는 마음으로 피아노 소나타 전곡 연주회를 찾듯 나에게 공연 관람은 삶을 축복하고 에너지를 충전하는 일종의 이벤트다. 그러나 주부로서 감당하는 육아와 살림 외에 가족과 친지들의 대소사를 챙기며 취미생활을 논하기란 때로 사치스럽기까지 하다. 개인적으로 틈틈이 피아노 연습을 하고 책을 읽고 글을 쓰겠다는 계획 역시 노력이 수반되어야만 가능하다. 싱글일 때는 너무 어렸고 경제적으로 여유가 없었다. 아르바이트를 통해, 소기업 인턴사원 경험 등을 통해 얻은 푼돈 역시 그 쓰임새를 고민해보기도 전에 자연스럽게 친정 부모님 용돈과 결혼 준비 자금으로 들어갔다. 결혼 후에는 시간 내기가 녹록하지 않으니 사실상 딜레마의 연속인 셈이었다.

1년에 단 한두 차례라도 공연장을 찾으려면 아이들을 친정 부모님께 맡기거나 하루 단위로 일을 의뢰할 수 있는 육아 도우미를 고용해야 했다. 남편이 시간을 낼 수 있을 때는 그나마 부탁하기가 나은 편이다. 모처럼 한가하게 한잠 자려는 사람에게 덜컥 일을 맡기고 콧노래 흥얼대는 관객으로 변모하는 것도 썩 내키는 행동은 아니다. 이 시대 주부들의 전형이라 하겠다. 짜내고 또 짜내야 자유롭게 쓸 수 있는 시간이 잠시 허락된다. 그럼에도, 이따금씩 자신만을 위한 시간이 허락된다면 직접 공연장을 찾으라고 권하고 싶다. 아예 불가능한 것만 아니라면 가끔 만끽해보라고 요새 젊은이들 말로 강추(강력히 추천)해주고 싶다.

매월 한 편의 공연을 볼 수 있다면 더 바랄 게 없다. 역부족이라 해도 괜찮다. 격월제로 한 편 혹은 분기별로 한 편도 상관없다. 상반기에 한 편, 하반기에 한 편으로 만족해야 한다 해도 좋다. 정 안 된다면 1년에 한 편도 대환영이다. 여기까지다. 더 이상은 물러나지 않기로 하자. 당신의 일상이 숨 돌릴 틈 없는 빽빽한 의무들로 가득하여 다른 무엇은 꿈조차 못 꿀 형편이라 치자. 1년에 단 하루, 아니 반나절만큼은 모든 걸 내려놓고 공연장으로 뛰어가 보기 바란다. 남 앞에서 떠벌리고 자랑하기 좋은 화두를 마련해보자는 게 아니다. 선율과 리듬이 공간을 가득 채우는 현장에서 직접 보고 듣고 느끼는 순간은 누구에게나 필요하다. 경험하면 좋고 못 해도 사는 데 크게 지장 없는 무엇으로 치부하기엔 그 감동이 너무 깊고 진하다. 직접 느껴보았느냐 그렇지 않느냐의 차이는 크다.

어떤 이들은 클래식 공연에 대해 "어려워서 절반도 이해 못 하고 꾸벅꾸벅 졸 게 분명한데 거길 왜 가나?"라며 부담스러워 한다. 그래서 한 번의 경험과 무(無)경험은 어마어마하게 다르다고 하겠다. 실제로 공연장에서 한 곡의 한 악장이 끝날 때마다 힘껏 박수를 치는 관객들이 있다. 본래 악장과 악장 사이에는 박수를 치지 않는다. 이런 경우, 처음 객석에 앉아본 사람들인 경우가 많다. 그들은 다음번 공연장을 찾을 때부터는 같은 실수를 저지르지 않을 것이다. 무지(無知)가 부끄러운 게 아니다. 익숙하지 않은 것도 창피하게 여길 일이 아니다.

새로운 것을 알려 하지 않고 경험하려 하지 않는 태도가 안타까운 것이다. 금관악기, 목관악기 이름들을 줄줄이 읊지 않아도 좋다. 유명 아티스트의 히트곡들을 모조리 파악하고 있는 마니아일 필요는 없다. 마음을 열어 귀로 듣고 눈으로 보며 느낀 공연의 현장이 당신에게 2시간 남짓한 시간 동안 감흥과 기쁨을 주었다면 그것으로 된 것이다.

지금 바로 인터넷 전자상거래 사이트를 방문해보자. 각종 쇼핑 사이트의 티켓 예매 카테고리를 찾아 들어가면 국내에서 진행 중이거나 근간 진행하게 되는 다양한 문화 현장 정보를 얻을 수 있다. 요즘에는 콘서트, 뮤지컬, 클래식, 오페라, 발레, 무용, 국악 등 음악 공연에 대한 상세 정보와 함께 사진, 오디오, 비디오 파일들이 첨부된 경우도 많다. 낯선 장르나 아티스트에 대해서도 티켓 예매 과정에서 어느 정도 배경 지식을 쌓을 수 있는 셈이다. 너무 많아 고르기 쉽지 않다면 관람 후기를 읽어보는 게 좋다. 최근 두드러지게 대중의 인기를 얻고 있는 공연들을 파악할 수 있을 것이다. 인기도와 무관하게 예술성 면에서 우수한 평가를 받고 마니아층을 형성한 공연들을 찾아볼 수도 있다.

다이어리를 펼쳐놓고 시간 내기 괜찮은 날부터 골라보자. 그날 어떤 공연들이 진행되는지 살펴보고 공연장까지의 이동 거리 등을 감안해서 가장 마음이 가는 작품을 선정하자. 예매를 마쳤다면 해당 작품에 대한 간단한 정보를 검색해보고 미디어 자료도 찾아보자. 약간의 배경지식은 관람의 즐거움을 두 배 이상 커지게 해준다. 꼭 누군가와 함께 갈 필요도 없다.

나의 경우, 짬을 내기 어려운 만큼 지인들과 일일이 일정을 맞춰가며 동행하기란 사실상 불가능하다. 본의 아니게 홀로 찾는 공연장이지만 관람의 집중도는 더 크기 때문에 오히려 만족스러울 때가 많다. 20대 젊은이가 70대 노년기에 접어들 때까지 매년 한 편의 공연을 통해 음악에 대한 흥취를 유지하며 산다고 치자. 50여 편의 작품을 접하게 될 것이고 운이 나쁜 편이라 해도 최소한 20편 이상의 명작을 만나게 될 것이다.

귀여운 손자 손녀들을 앉혀두고, 혹은 사랑하는 지인들과 차 한 잔을 마시면서 감동했던 작품들을 이야기하게 될 것이다. 세월을 반추함에 있어서도 나이나 연도(年度) 순으로만 생각하지 않게 될 것이다. 가령 "내가 뮤지컬 아이다(AIDA)를 봤던 해였을 거야. 그때 만났던 지인이 있는데……."라든가, "성시경 콘서트 갔던 날, 공연장 근처 식당에서 있었던 일이야."라고 이야기하게 될지 모른다. 말과 글의 화두가 조금 더 매끄러운 사람, 섬세한 감성과 풍부한 상상력을 잃지 않고 사는 사람이 될 것이다. 1년에 하루다. 당장 시작해보자!

운전석? 이제 VIP석 —내 차는 음악 감상실

대학생 때 단짝 친구들과 교외로 점심을 먹으러 갔다. 노인 복지관에서 목욕 봉사를 마친 뒤였다. 함께 나오신 친구 아버지께서 고생했다며 점심 식사를 제의하셨다. 직접 장소를 선정하시고 차로 우리를 데려다 주셨다. 평소 음악을 좋아해서 각종 희귀 음반을 사 모으기도 하신다고 들었던 분이지만 그런 주제로 대화를 나누게 될 줄은 몰랐다. 친구들은 별다른 놀라움 없이 그분의 차에 올라타고 있었지만 나는 차 안으로 첫발을 들여놓는 순간부터 놀란 눈을 이리저리 굴려야 했다.

신세계를 발견한 느낌이랄까. 차량 내부를 가득 채운 올록볼록한 것들이 눈에 들어왔다. 스펀지 같기도 하고 고무 같기도 한 그것은 일종의 방음 보조 장치라 했다. 좋은 품질의 오디오 시스템을 설치해두고 그 효과를 극대화하기 위해 방음 인테리어를 더하게 된 것이라 했다. 음악을 제대로 즐기고 싶어 하시는 분임을 실감했다. 그날 우리에게 들려주신 음악은 귀청을 찢는 헤비메탈이나 리듬감이 두드러지는 록음악이 아니었다. 영화 「포레스트 검프」의 주제곡으로 잘 알려진 Alan Silvestri의 「Forest Gump Suite」였다. 볼륨을 상당히 크게 해두셨던 것으로 기억되는데, 다소 단조로울 수 있는 피아노 음률로 시작해 오케스트라 협연으로 이어지는 흐름이 너무도 아름다웠다. 이전에 내가 듣던 곡이 아니었다. 모처럼 교외로 드라이브를 나오게 된 터라 차창 밖으로 좋은 풍경을 보게 된 것도 한몫했음이 분명했다. 하지만, 무엇보다도 그 풍경과 어우러지는 음악, 절친한 지인들과 팔짱 끼고 도란거리며 듣는 음악이란 대단했다. 감동적인 느낌에 어느새 눈가가 촉촉이 젖어드는데 모진 말 잘하기로 소문난 친구 하나가 순간을 포착하고 말았다.

"아, 여기 휴지 한 장 급히 구합니다요. 분위기에 홀딱 빠지면 때와 장소를 가리지 않고 눈물을 흘려주시는 분이 계셔서요."

부끄러움 반 야속함 반으로 친구를 살짝 흘겨본 뒤 이내 하하 웃고 말았던 기억이 난다. 운전하시던 친구 아버지께서 빙그레 웃으시며 "지영 양이 음악을 좀 아나 보네? 나도 이 곡 차 안에서 처음 들었을 때 좀 비슷한 반응을 보였는데……." 차 안에서 처음 들었을 때? 최신형 오디오 시스템에 방음 인테리어 이야기로 이미 음악에 대한 관심을 드러내신 분이었다.

"아저씨는 좋은 음악 안게 되시면 꼭 먼저 차 안에서 한 번 들어 보실 것 같아요. 일종의 음악 감상실로 꾸며두신 것 맞죠?"

막상 질문을 들으시더니 조금 전과 같이 그저 웃으시며 "그런 셈이지요." 하는 짤막한 답을 해오셨다. 친구 아버지 차를 탄 날 이후 수년간 그 이야기를 잊고 살다가 스물여섯 살 여름, 비로소 내 차를 몰게 되었을 무렵부터 같은 화두를 다시 떠올리게 되었다.

이미 어린 시절부터 아버지 차를 타고 곳곳을 다니면서 차량의 음악 감상실 전용(轉用)에 대해 생각했던 적이 많았다. 비싼 음향 기기를 설치하거나 방음 인테리어를 하지 않아도 웬만큼 소음이

심한 곳이 아니라면 차 안 특유의 고요함을 느낄 수 있다. 그만큼 라디오 방송을 틀든 음악 CD를 틀든 집중도가 높아지는 것이 사실이다.

스물여섯 당시 아르바이트 삼아 하루 왕복 50분 남짓한 거리를 직접 운전해 출퇴근했다. 출근길, 차 안에서 듣는 음악은 일과를 시작하는 오프닝 곡이 되었고 퇴근길 음악은 클로징 곡이 되어주었다. 그 누구도 임명한 적 없는 자칭 디스크자키가 되어 매일매일 오프닝 곡들과 클로징 곡들을 선정했다. 어느 틈엔가 아예 출퇴근길에 재생시킬 목적으로 요일별, 분위기별, 장르별 음악들을 정리하여 CD로 구워내고 있었다.

참 신기하게도 비슷한 분위기의 곡을 들으며 유사한 주제의 생각에 잠겨 출근한 날은 어느 정도 흡사한 기분으로 하루를 보내게 된다는 점이었다. 남편은 내 얘기를 듣고 펄쩍 뛰며 "아이고, 이제 음악이 당신을 망상의 세계로 인도하는구나. 갖다 끼워 맞추지 좀 마." 하는 반응을 보였지만, 사실이었다. 음악이 일종의 분위기 형성 작용을 한다는 것은 부인할 수 없는 진리였다. 보편적으로 남자들은 이성 편향적이고 여자들은 감성 편향적이어서 여자들이 무드에 약하다는 속설이 있다. 하지만, 제대로 된 음악 감상 환경 안에서는 남녀노소를 구분한다는 것 자체가 우스운 편견일 뿐이다.

남녀를 불문하고 몇몇 메마른 성격의 지인들을 차에 태우고 내가 직접 선곡한 음악들을 들려주며 운전을 해본 결과, 조금이나마 감성적으로 변하지 않는 이들은 없었다. 어느새 대인 관계에서의 크고 작은 고민, 가족애, 연애 상대에 대한 감정 등 이성적·논리적으로 접근하기엔 다소 무리가 있는 주제들을 화두로 입을 열었으니 말이다. 좋은 음악과 그 음악을 즐기기에 적합한 감상 환경은 사람을 어느 정도 무장 해제시키게 마련이다. 이 쓸모 있는 진리를 남용해서는 안 되었기에 그 이후 내가 정말 아끼는 지인들, 소중한 사람들을 위해서만 이따금 착한 이벤트를 만들어주게 되었다. 주행이나 주차에는 문제가 없지만 타고난 길치인지라 섣불리 낯선 길로 장거리 운전을 할 수는 없었다. 모 CF의 카피처럼 "차는 모른다. 운전은 한다."로 대변되는 식견인지라 차량 내부에 문제라도 발생하면 낭패였다. 지인들을 가끔 태워준다고 해봐야 정말 잘 파악하고 있는 몇몇 코스로만 직행할 뿐이었다.

계속 앉아 있으면 졸음이 올 것도 같은 미세한 진동이 몸으로 전해진다. 차창 밖으로 지나가는 사람들, 상점들, 나무들을 본다. 미간을 찌푸린 채 집중해서 응시할 필요는 없다. 창틈으로 스며드는 차갑지 않은 바람을 느끼며 바라보기 좋은 곳으로 시선을 두면 된다. 귓가에는 매력적인 선율의 음악이 스쳐 가고 곁에는 함께 있기 좋은 지인이 앉아 있다. 대화는 자연스럽게 이어져가다 잠시 멈추기를 반복한다. 오가는 대화에 풍자와 해학이 녹아들고 생활에 대한 단상과 감상이 널뛰기하듯 흐름을 만든다. 그렇게 도착한 목적지가 맛깔스럽기로 소문난 음식점이어도 좋고 예쁜 카페여도 좋다. 한적한 시골 거리여도 좋고 시민 북적대는 공원 한복판이어도 문제없다. 조금만 신경 써서 분위기를 만들고 동승자의 마음 상태에 어울릴 만한 선율을 듣도록 도와주면 심리 치료실이 따로 없다.

음악 감상실로 변모한 차량은 묘한 힘을 가지고 있어 맘에 맺힌 격한 감정이나 불필요한 근심 걱정들을 누그러뜨려 주기도 하고 먼지 떨어내듯 훌훌 떨쳐낼 계기를 만들어주기도 한다. 달리는 사이 뒤편으로 슥슥 지나가는 사람들, 거리 풍경들은 때로 덧없는 세월의 모습을 대변해준다. 달라지는 바깥 풍경과 무관하게 하나의 음악이 차량 안의 분위기를 형성하고 어느새 마치 그 곡이 나의 주제가인 것 같은 착각이 든다. 개인 뮤직비디오 촬영이 이뤄지고 그 안에 주인공으로 앉아 있는 것 같은 착각이 일어나는 셈이다.

흔히 말하듯 인생이라는 무대의 주인공이 다른 누구도 아닌 자기 자신임을 새삼 자각하는 시간이 주어지는 셈이다. 그러는 사이 일종의 치유를 경험하게 되는 것 같다. 가족과 지인들의 기대에 버겁고 책임져야 하는 많은 일에 숨 가쁜 일상 속에서도 자신을 잃지 말자는 다짐을 하게 되는 것 같다. 그래서 차량 음악 감상실 안에서의 착각은 부정적이지 않다. 허황된 과대망상의 공간, 시간 낭비의 공간이 아니라 마음을 다스리는 명상의 공간이 될 수 있다는 얘기다.

고가(高價)의 최신 음향 시스템을 설치하지는 않았다. 올록볼록한 내부 방음 인테리어를 더하지도 않았다. 평범한 내 차로 시작한 착한 이벤트는 고백(告白) 드라이브, 효(孝) 드라이브, 동심(童心)

드라이브로 압축된다. 고백이라고 하면 으레 남녀 간의 사랑을 떠올리기 일쑤다. 좋다. 사랑에 관한 주제도 좋고 잘못한 일에 대한 고민도 좋다. 생뚱맞은 푸념이라도 관계없다. 마음속 숨은 이야기들을 시원하게 털어놓는 시간, 경치 좋은 길을 달리며 편안한 음악을 듣고 있다면 입을 열기가 보다 수월할 것임은 직접 겪어보지 않아도 알만하다.

나의 경우, 직장을 다니다 진로를 바꾸려는 친구의 이야기를 들어주느라 대학 캠퍼스 안을 뱅뱅 돌아다닌 경험이 있다. 운전은 미숙하고 드라이브는 해야겠는데 심각한 이야기를 듣자니 빠른 속도로 질주할 수는 없었다. 느린 주행과 익숙한 코스, 좋은 경치를 두루 보장해주는 곳이 바로 대학 캠퍼스였다. 우린 그렇게 어린 시절 함께 듣던 카펜터스(Carpenters)의 「Yesterday Once More」를 반복 재생 모드로 틀어두고 고백 드라이브 시간을 가졌다. 고민에 대한 명확한 해결책을 손에 쥐어줘야 한다는 부담감은 금물이다. 그저 듣는 것이다. 이따금 눈을 맞춰주고 손을 잡아주고 고개를 끄덕여주며 청중의 역할을 해주는 것만으로 훌륭한 카운슬링이 된다. 새 일터에 자리를 잡고 결혼도 하게 된 친구는 가끔 그날의 얘기를 꺼낼 때 카펜터스의 「Yesterday Once More」가 듣고 싶어진다고 한다.

동심(童心) 드라이브는 철저한 낮춤의 자세가 필요하다. 아이를 태우고 달리는 만큼 신호를 위반하고 들이닥치는 무법 차량에 대한 방어 운전은 필수다. 매일 아침 아이를 어린이집으로 데려다 줄 때 주옥같은 10여 분의 시간이 펼쳐진다. 하루도 빠짐없이 다니는 익숙한 길 위에서 나는 순간적으로 일곱 살이 된다. 새로 배운 동요들을 목청껏 따라 부르다가 조금 긴 신호대기 시간이 이어지면 아예 박수를 치며 장단을 맞춘다. 입천장 안쪽으로 힘을 꽉 주어 만화 주인공이라도 된 듯 익살스러운 목소리로 노래한다. 「개구쟁이 스머프(Smurf)」 투덜이 스머프의 목소리 톤 정도면 꽤 효과가 좋다. 그렇게 장난을 치면 분위기는 절정에 이르고 아이는 어느새 배를 잡고 자지러진다.

동요가 아니어도 좋다. 최근 유행하게 된 대중가요를 들려주게 되더라도 핵심은 재미다. 아이가 재미를 느낄 수 있으면 된다. 3~4분쯤 한바탕 깔깔 웃고 나면 대화는 자동으로 물꼬를 트게 된다. 일곱 살 시각으로 바라본 세상 이야기는 때로 놀랍다. 보람과 성취감, 기쁨과 즐거움, 질투와 시샘, 슬픔과 좌절감에 대한 인식이 어른들이 느끼는 그것과 크게 다르지 않다. 느낌의 정도와 깊이, 그것을 표현하는 방법의 차이일 뿐이다. 발상의 전환을 통해 스트레스를 해소하는 과정 역시 상당히 비슷하다. 어린이집 아이들의 놀이, 다툼, 편 가르기, 친해졌다 멀어지기 등에 관한 이야기는 때로 여느 드라마보다 흥미롭다.

나는 엄마로서 아이가 갖가지 상황마다 느꼈을법한 감정에 대해 충분히 이해하고 있음을 표현한다. "다 잘될 거라고, 너는 소중한 아이"라고 거듭 말해준다. 눈높이를 맞춘 대화와 음악이 어우러진

동심 드라이브는 나와 내 딸아이에게 오래오래 값진 추억으로 남을 것이 분명하다.

효(孝) 드라이브는 또 다른 차원에서 낮춤의 자세를 요구한다. 나이가 들면 어린아이와 같아지게 마련이다. 연륜과 식견을 유지한 상태로 감정 조절 능력은 약해져만 간다. 해가 갈수록 눈물이 많아지고 웃음도 많아진다. 시도 때도 없는 외로움과 자격지심이 표출되기도 한다. 그래서 어르신들과 보내는 시간에는 보다 빈틈없는 정성이 필요하다. 동심(童心) 드라이브 때와 같은 방법으로 접근하되 행복했던 추억을 더듬는 과정은 필수다. 장점이 있다면 음악에 대한 취향이 꽤 명확하다는 것이다.

애창곡으로 꼽을 수 있는 노래들도 많고 삼십 대, 사십 대, 오십 대를 거치며 숱한 사연들과 함께 기억하게 된 명곡들도 많다. 그 가운데 두어 곡 정도를 골라 반복 재생 모드로 틀어두는 것이 핵심이다. 많은 곡을 듣는 것보다 익숙한 멜로디 몇 가지만을 거듭 되새길 때 일종의 분위기가 형성되는 것이다. 어르신을 모시는 만큼 과속은 금물이고 장거리 운전보다는 익숙한 길로 20여 분 안팎을 달리는 것이 적합하다.

예쁜 카페 분위기를 선호하시는 친정어머니와 함께 찾은 곳은 시내 이탈리안 레스토랑이었다. 주변 지리를 잘 알고 있던 데다 주변 문화 경관이 아름다운 편이었다. 식사 장소에 차를 대기 전 그 건물에서 세 블록 정도 떨어진 곳에서부터 샛길들을 구석구석 돌며 드라이브를 했다. 마침 평일 낮이라 거리에는 사람들과 차들이 넘쳐나지 않았다. 한적한 분위기를 즐기며 들었던 두 곡은 너무나 유명해 굳이 설명이 필요 없는 옛 영화음악이었다. 「사랑과 영혼」 주제가 Righteous Brothers의 「Unchained Melody」와 「태양은 가득히」 주제가 Nino Rota의 「Plein Soleil」이었다. 빠르지 않은 템포, 로맨틱하면서도 가슴 저린 멜로디에 극적인 분위기가 있는 두 곡을 들으며 꿈에 대해 이야기를 나눴던 것 같다.

당시 어머니는 언젠가 운치 있는 곳에 작은 카페 하나를 운영하고 싶다고 하셨다. 조잡스럽지 않은 인테리어에 테이블과 소파 몇 개를 두고 직접 갈아 만든 생과일주스와 원두커피를 내어놓고 싶다 하셨다. 톡톡 튀는 매력보다 은근한 끌림을 무기로 하여 정말 잘 알고 찾아오는 단골 지인들을 위한 곳으로 삼고 싶다 하셨다. 북적거리는 공간이 아니니 음악 한 곡을 틀어도 집중도가 남다를 터. 아름다운 명곡 음반들을 CD 장식장에 한가득 갖춰두고 매시간 그 공간의 배경 음악을 바꾸는 즐거움을 만끽해보고 싶다는 말씀이었다. 이야기하시는 내내 어머니의 그 표정과 눈빛이란 이팔청춘 꽃다운 소녀의 그것과 다르지 않았다. 행복해 보였다. 당장 눈앞에 현실로 이룰 수 있는 무엇은 아니었다. 마음속에서만 상상해오던 것들을 하나둘씩 꺼내어 묘사하는 순간의 즐거움, 만족감은 그날 어머니를 웃게 했다. 식사 내내 웃으셨고 집으로 돌아가는 길 내내 웃으셨다. 무엇을 더 바라랴. 실속 없고 허무맹랑한 이야기로 여기고 섣불리 재단하려 들어서는 안 된다. 젊은 날 즐겨듣던 선율에 푹 빠져 절로 미소 짓게 하는 상상을 하는 동안 스트레스는 사라지고 몸은 가뿐해질 것이다. 효(孝) 드라이브의 매력이다.

친구와 함께, 아이와 함께, 부모님과 함께하는 뮤직 드라이브는 실로 소중한 시간이다. 그러나 음악 감상실로 모습을 바꾼 차량이 제 역할을 다 하는 순간은 역시 혼자 있을 때가 아닐까 한다. 주변 거리에 아무도 없어야 함을 말하는 것은 아니다. 차 안에만 혼자 있으면 된다. 보호막을 두른 듯 어느 정도의 방음 환경이 갖춰져 있는 독립 공간이 확보되기 때문이다. 차창 바깥 풍경은 브라운관을 통해 들여다보는 텔레비전 속 경관과 마찬가지로 내가 앉아 있는 공간과는 분리된 세상이다. 그래서 때로 광장이나 공원에서 아이들이 뛰노는 모습, 연인들이 손을 잡고 걸어가는 모습 등이 입체 영화의 한 장면처럼 느껴지기도 한다.

그 공간에서 나는 볼륨을 한껏 높여두고 니시무라 유키에(Yukie Nishimura)의 피아노 음악이나 카를로스 산타나(Carlos Santana)의 기타 음악을 듣는다. 유키에의 음악은 군더더기가 없다. 넘쳐나는 기교도 없지만 들을수록 구석구석 배어 있는 명랑함이 모습을 드러낸다. 여인으로 따지자면 농염한 자태의 미녀와 철부지 귀염둥이 사이의 틈새가 적당히 조율된 이미지라 하겠다. 특히 「비타민(Vitamin)」이라는 곡은 절제된 흐름 안에서 밝고 경쾌한 선율을 잘 표현해내고 있는데 주로 이성적 판단이나 결정이 요구될 때 들으면 도움을 준다.

반면, 산타나의 전자기타 음악은 있는 그대로의 나[我]를 드러내게 한다. 21세기로 들어서기 훨씬 전부터 이미 라틴 록의 대부로 일컬어져 온 아티스트이건만, 그의 연주는 들을 때마다 첫 만남 같다. 명작을 처음 대했을 때 느끼는 두근거림이 있다. 세련된 멜로디, 숨 막힐 듯 이어지는 현란한 기교에 푹 빠져 있다 보면 두 볼이 붉게 상기되기까지 한다. 흡사 사랑에 빠진 사람과 같다. 눈을 감은 채 리듬을 타며 발을 구르기도 하고 고개를 까딱거리기도 한다.

홀로 앉아 있는 차 안에서 본능에 충실하게 하는 문제작들은 1999년 발표된 그의 앨범 《Supernatural》에 숨어 있다. 「Love of My Life」, 「Maria Maria」, 「Smooth」. 차 안을 음악 감상실 삼아 잠시 무아지경에 빠져보고 싶다면 꼭 한 번 볼륨을 크게 해놓고 들어보길 권한다.

지인들이 차를 새로 샀다고 하면 선물을 해주게 된다. 막상 하나 골라보기로 해도 종류가 다양하니 선뜻 정하기가 쉽지 않다. 인터넷 쇼핑몰만 뒤져도 방향제, 십자수, 주차번호판, 핸들 덮개, 휴대전화 받침, 쿠션, 무릎 담요에 이르기까지 각종 인테리어 소품들이 즐비하다. 자칫 운전자의 취향과 아주 다르거나 진부한 선물을 하게 될 수도 있다.

그래서 나는 음악을 선물한다. 차에서 들으면 장점이 꽤 잘 드러나는 음악, 운전자의 이미지와 잘 맞는 음악, 운전자가 평소 즐겨

들노라고 언급했던 장르의 음악들을 엄선한다. MP3 파일 폴더에 고이 소장해둔 자료들을 꼼꼼히 둘러본 뒤 추가하고 싶은 곡들은 음원 판매업체 웹사이트에서 일정 비용을 지급하고 데이터를 구매한다. 그렇게 구워낸 CD 1장에는 보통 30여 곡의 파일이 담기고 세상 어떤 쇼핑몰에서도 살 수 없는 값진 선물이 된다.

선물을 건넬 때는 친절한 설명도 잊지 않는다. 차량용 음악 CD이니 꼭 차 안에서 만끽해볼 것, 귀 건강에 별다른 문제가 없다면 볼륨을 다소 높여 들어볼 것. 선물을 받는 이들 대부분은 기대 이상으로 기뻐한다. 몇 주 정도 지나 다시 만나거나 연락할 일이 생기면 어김없이 감상 소감을 들려준다. 왜 차 안에서 들어보라고 권해주었는지 알 것 같다고, 특히 세 번째 곡이 좋았노라고.

이 경험담을 읽고 고개를 끄덕일 수 있는 당신이라면 이제 차를 교통수단으로만 간주하지 않길 바란다. 70~80년대 젊은이들의 문화 공간이자 귀한 휴식처였던 음악 감상실이 이제 당신의 차 안에서, 당신만을 위한 공간으로 부활하는 것을 지켜보면 된다. 느끼고 행복해하면 된다.

피날레

음악을 누리세요! 당신은 소중하니까!

요즘은 풍금을 찾아보기 어렵다. 골동품 상점에나 가야 겨우 구경할 수 있는 악기가 되었다. 힘들여 바람을 넣어주지 않아도 아름답고 청아한 소리를 내주는 피아노가 그 자리를 대신한 지 오래다. 그래도 가끔은 페달을 밟으며 연주하던 풍금이 그리워진다.

초등학교 시절 음악 시간, 교실 앞쪽에 놓여 있던 갈색 풍금이 생각난다. 선생님은 직접 풍금을 연주하기도 하셨지만, 종종 한 명 불러내서 45분 남짓한 시간 동안 수업을 이끌게 하기도 하셨다. 당시, 피아노 학원에 다니는 급우들이 여럿 있었지만, 요즘처럼 너나 할 것 없이 배우는 수준은 아니었다. 또래에 비해 난이도가 다소 높은 곡을 레슨 받던 나는 새 학기가 되면 음악 교과서를 모조리 통독했다. 한 곡 한 곡 피아노로 쳐보며 노래를 불러보고 연주하기 어려워 보이는 곡들은 미리 연습해두기까지 했다. 자연히 교실 풍금은 나의 전유물이 되었다. 내 연주에 맞춰 급우들이 동그랗게 입을 벌리며 노래했다. 그 모습을 바라보는 게 너무나 좋았다.

쉬는 시간이면 급우들은 우르르 몰려와 나와 풍금을 에워싸고 신청곡을 외쳐댔다. "지영아, 맥가이버 노래!", "하얀 바람 먼저 쳐 주라!" 당시 인기리에 방영되던 외화 「맥가이버」의 오프닝 곡과 3인조 댄스그룹 소방차의 「하얀 바람」이 우리 반의 인기곡이었다. 특히 빠른 속도로 연주해주는 것을 좋아했는데 페달을 쉼 없이 밟아대며 빠르게 연주하는 것은 어린 나에게는 무리였다. 이따금 남자 급우들은 "김지영, 너는 그냥 치기만 해라." 말하고는 아예 풍금 밑으로 기어들어가 나 대신 손으로 발로 풍금 페달을 마구 눌러주기도 했다. 별수 없이 풍금 의자에 책상다리를 하고 앉아 연주하곤 했다. 그 순간이 어찌나 우습고 즐거웠는지 지금껏 초등학교 시절을 회상할 때면 어김없이 다섯 손가락 안에 드는 장면이다. 엄마들의 치맛바람이 요즘처럼 드세지 않았던 80년대였지만 어린아이들 나름의 스트레스가 있었고 그것을 해소시키기 위한 놀이가 필요했던 것 같다.

어느 날 풍금이 고장 나서 한 사흘 노래 한마당이 열리지 않게 되었다. 새 풍금이 교실로 들어오게 된 날 즈음 공교롭게도 내가 선풍기 날개에 손가락을 다쳐 붕대를 친친 감았다. 한 일주일간 풍금 주변에 모여 「맥가이버」를 들을 수 없게 된 급우들은 심심하다고 투덜대며 좀 뾰로통하게 굴었고 몇몇 성마른 아이들은 수틀린 듯 쉬는 시간에 서로 뒹굴며 쌈박질을 해댔다. 그 모습을 대하며

머릿속으로 되뇌던 말이 지금도 생각난다. '쟤네들한테는 노래가 필요해.'

고교 시절, 본래 서울에 살던 우리 가족은 공무원이셨던 아버지를 따라 부산에 내려가 지내게 되었다. 성장기 내내 경상도 문화를 경험한 적이 없었던 까닭도 있겠지만, 부산 적응기 내내 무엇보다 나를 고단하게 했던 것은 지방색이었다. 사춘기 특유의 반항적 기질에 일종의 텃세가 더해진 탓인지 같은 반 친구들은 좀처럼 나를 반기지 않았다. 보통 사람들에 비해 다소 창백해 보일 정도의 내 흰 피부와 간드러진 서울 말씨는 그들의 이유 없는 반감에 불을 지폈다. 집단 따돌림, 왕따 같은 용어로 대변되는 상황은 아니었지만 불편함을 느끼기에 충분한 냉랭함이 있었다. 어쩌다 웃으며 상냥하게 말을 건네올 때도 있었지만, 뒤돌아서면 내 말씨를 흉내 내고 약점을 찾아 헐뜯느라 다들 정신이 없었다.

갈피를 잡기 어려운 반응에 지쳐 있을 때 천사가 한 명 다가와 주었다. 만화 주인공 캔디를 닮은 듯 귀여운 인상에 반달눈썹이 매력적이었던 친구 경화였다. 그녀와 나는 둘 다 음악을 좋아하고 피아노 치기를 즐겼다. 보통 수준 이상의 청음(聽音) 능력과 가창력을 접목해 피아노를 치고 노래 부르기를 즐기는 것은 우리의 공통점이었다.

어느 날 재미삼아 대중가요들을 함께 편곡해보고 화음을 만들어 듀엣으로 노래를 불렀는데 그 소리가 심금을 휘저어놓았다. 그 중 특별히 듣기 좋은 곡들을 골라 친구들 앞에서 불러본 것이 좋은 계기가 되었다. "너거 아예 음반을 하나 내뿌라, 마!" 새로운 자극을 받은 친구들은 수업 시간에도 종종 우리 둘을 교실 앞으로 나가게 하여 노래를 부르게 했다. 당시 우리의 히트곡은 영화 「101번째 프러포즈」 주제곡 「그대 나와 함께」였다. 배우 김희애와 가수 라종민의 듀엣곡이었는데 여자 둘이 불러도 소리가 꽤 괜찮았다.

어느 정도 상위권을 유지하던 우리 둘의 학업 성적이 한몫을 했는지 선생님들의 반응도 나쁘지 않았던 것 같다. "공부나 하시지!"가 아니라 "노래도 잘하는구나!" 하는 식의 격려였다. 다행히 수차례 짤막한 교실 콘서트가 진행되었고 우리 반은 그 어느 학급보다 분위기가 좋기로 소문이 나게 되었다. 나 역시 그 과정에서 자연스럽게 텃세를 극복할 수 있었다. 음악은 그렇게 내가 어려울 때 또 한 차례 생기를 불어넣어 주었고 외로움에 지쳐 은연중 병들어가던 마음을 다잡도록 도와주었다.

음악에 대한 관심으로 생겨난 추억이 또 하나 있다. 한창 공부에 매진했어야 할 고교 시절, 이상하리만큼 공부가 싫었다. 줄곧 상위권을 유지해 온 탓인지 명문대 진학에 대해 부모님과 선생님께서 거는 기대는 이미 보통을 넘어 있었다. 그런 분위기가 주는 부담감은 대단했다. 웬만큼 모질게 마음을 먹지 않으면 졸지에 우울증 환자가 되기 십상이었다.

열여덟 살, 그렇게 때 아닌 반항심이 발동했다. 예습 복습을 중단하고 수업 시간에도 고의로 먼 산을 보며 딴전을 부렸다. 야간 자율학습 시간에는 화장실에 가는 척 몰래 빠져나와 버스를 탔고 광안리 앞바다로 나가 앉아 몇 시간씩 찬바람을 맞고 돌아오기도 했다. 기대를 저버린 죗값으로 나를 기다리고 있던 것은 수차례의 몽둥이찜질이었고 체벌에 떨리던 몸은 열병을 앓듯 오래도록 사춘기를 앓았다.

국문학이나 영문학 전공을 염두에 두었던 나는 남몰래 진로를 바꿀 생각으로 피아노 연습을 시작했다. 학교에서 돌아와서 1시간, 이른 아침 등교를 앞두고 30여 분, 주말에는 서너 시간씩 입시 곡 악보를 구해 피아노를 쳤다. 워낙 취미 삼아 오래 즐겨왔던 만큼 실력은 하루가 다르게 늘어갔다. 때가 되었다고 생각한 어느 날 부모님께 넌지시 진로 변경에 관해 말씀을 드렸고 또 한 번 지독한 꾸중을 들어야 했다.

"예술은 취미로만 즐겨라. 업(業)은 안 된다!"

그때 조금 더 강하게 음악인으로서의 삶에 대해 견해를 피력했더라면 지금의 내 인생이 달라졌을까. 어쨌든 그 시절에는 내 삶의 시나리오를 내 맘대로만 쓸 수 없다는 것을 어느 정도 인정하고 살았던 것 같다.

어느 날 석식 시간, 야간 자율학습이 시작되기 30여 분 전쯤 혼자 교내 음악실로 향했다. 어두컴컴한 음악실에 불을 켜지 않고 들어가 피아노 앞에 앉았다. 창 밖에서 스며드는 희미한 불빛에만 의지한 채 베토벤 피아노 소나타 8번 「비창」 1악장을 연주했다. 음악인으로서 살 수 없음을 인정하는 의식이라도 치르는 듯 비통한 마음을 담아 건반을 두드렸던 것 같다. 사춘기 방황의 종언을 선언하듯 눈물이 쉴 새 없이 쏟아졌다. 그렇게라도 쏟아내지 않으면 견딜 수 없었다. 흐느끼는 소리가 복도 쪽으로 새어나간 것인지, 나의 연주가 발길을 붙잡은 것인지 누군가 음악실로 들어왔다.

"정말 잘 치네. 음대 입학 수준이네. 음대 안 가더라도 평생 치게 생겼다, 너."

우연히 마주하게 된 교장 선생님은 마치 내 모든 사연을 알고 계신 듯 웃으시며 어깨를 토닥토닥 두드려주셨다. 돌연 봇물 터지듯 울음이 터져 나왔다. 이유는 알 수 없었다. 나는 그렇게 몇 분간을 울었고 교장 선생님은 그 자리에 서서 아기를 재우듯 나를 다독이셨다. 그날 이후 반항은 끝났고 얼음장 같던 부모님도 서서히 온화함을 찾아갔던 것 같다.

언론 및 각종 서적이 예술 심리치료에 관한 이야기를 한다. 그중

외상 후 스트레스 장애(PTSD: Post-Traumatic Stress Disorder) 환자들에 관한 자료를 읽은 적이 있다. 신체적으로 손상을 입거나 생명이 위협을 받았던 경험이 원인이 된다. 납치나 강간, 폭행을 당한 경우, 비행기 추락이나 건물 붕괴 등 대형 사고에 의한 참사 현장에서 살아남은 경우 그 공포감에서 헤어 나오지 못해 생기는 질환이다. 이들의 정서적 · 신체적 안정감 회복을 위해서도 음악은 중요한 몫을 하고 있다. 음악을 듣고 노래를 부르고 거기에 맞춰 춤을 춰보는 활동은 기본이다. 원곡의 선율 일부를 원하는 스타일로 편곡해보기도 하고 대중가요는 가사를 싹 바꿔보기도 한다. 리듬을 타며 무아지경 속에 무작위로 몸을 흔들다보면 자기만의 멋진 춤이 만들어지기도 한다. 일종의 창작 활동이다. 이러한 시간을 통해 억압되었던 내면세계가 표면화될 수 있다고 한다. 표면화 작업이 진행되면 일반적인 스트레스를 포함해 환자 개인의 심리와 정서 상태가 겉으로 드러나게 된다. 일단 내부 갈등 요소가 무엇인지 파악하게 되면 그것을 해결할 실마리도 찾을 수 있게 되는 것이다.

나의 삶 곳곳에 스며들어 있는 음악들도 일종의 치유책이 아니었을까 생각해본다. 기쁘고 즐거울 때나 슬프고 우울할 때 내 곁에는 항상 즐겨듣는 몇 곡의 음악이 있었다. 누구에게든 "요즘은 어떤 노래가 좋으세요?"라는 질문을 받게 되면 주저하지 않고 바로 몇 곡의 음악을 추천해주곤 했다. 사람들이 거리, 카페, 음식점에서 흘러나오는 소리에 별다른 관심을 보이지 않고 지나칠 때에도 나는 귀를 기울였다. 그래서 가끔은 카페 종업원 등에게 "지금 나오는 노래 제목 좀 알아봐 주실 수 있으세요?" 하는 식의 돌발 질문을 던지기도 했다. 전문가 수준의 식견을 가지고 있어서가 아니다. 기막히게 멋진 연주를 할 수 있어서가 아니다. 모든 것은 관심으로부터 비롯되었던 것 같다.

음악에 대한 끊이지 않는 관심은 바쁘고 고단한 일상 속에서도 나에게 잠시나마 숨 돌릴 여유를 주었다. 눈을 감고 아름다운 선율을 음미하는 동안에는 단 몇 분이라도 모든 생각을 내려놓게 된다. 갖가지 계획들과 근심, 걱정거리들로부터 어느 정도 분리되는 나 자신을 느끼게 되는 것이다. 그렇게 한 걸음 물러나 들여다보면 본질이 보인다. 속을 태우며 앉아 있는 것만으로 해결될 수 있는 일들은 없었고, 부단한 노력 없이 결실을 보는 계획들이란 없었다. 본질을 직시하면 마음을 다잡게 된다. 어떤 생각을 하고 무엇을 어떻게 진행해 나가야 할 것인가 결단을 내리게 된다. 그 과정에서 유지해야 할 마음 자세에 관해서도 알게 된다.

음악과 함께 찾아오는 명상의 시간은 짧지만, 신비한 마력을 가졌다. 그 힘을 알기에 나는 좀 더 적극적으로 음악을 즐겼다. 주무르고 자르고 이어 붙이기를 반복하는 공작 시간처럼 내 삶 속 구석구석에 음악을 녹아들게 할 방법들을 물색했다. 주옥같은 명곡들을 찾아내 동영상 배경음악으로 편집하기도 했고 직접 연주하고 녹음한 피아노곡을 틀어두고 딸아이와 목청껏 노래를 부르기도 했다. 감상 계획표를 만들고 시간을 쪼개어 장르별로 콘서트를 찾아 뛰어

다니기도 했고 아마추어 음악인으로서 무대 위에 서 보기도 했다.

음악이 스며든 나의 일상은 행복했다. 다른 어떤 수식어를 갖다 붙여도 행복했다는 말보다 더 멋스러울 것 같진 않다. 성장기를 거쳐 삼십 대 중반, 두 아이의 엄마가 되기까지 그 행복감으로 많은 것들을 이겨냈던 것 같다. 인간사의 숱한 이야기들을 이해하게 된 것 같다. 쉽사리 이해되지 않는 오해와 갈등, 아집과 독선, 선망과 질시, 사랑과 이별, 허황된 욕망의 부질없음까지…….

이제 당신도 음악에 대한 관심을 새롭게 하여 스스로 주치의가 되어보길 권한다. 예술 심리치료의 백미를 경험해볼 것을 권한다. 음악과 함께 더 빛나는 하루하루, 감사하며 사는 하루하루를 누리게 되길 기원한다. 당신은 그 누구보다 소중하니까.

- The End -